Robert Heymann

Der rote Komet

Roman aus dem Jahr 2439

Robert Heymann: Der rote Komet. Roman aus dem Jahr 2439

Erstdruck: Leipzig, J. Püttmann, 1909

Neuausgabe
Herausgegeben von Karl-Maria Guth
Berlin 2017

Umschlaggestaltung von Thomas Schultz-Overhage unter Verwendung des Bildes: Tim Tempelhofer, Bearbeitung einer Zeichnung von Léopold Trouvelot von 1881, 2017

Gesetzt aus der Minion Pro, 11 pt

Verlag: Henricus - Edition Deutsche Klassik GmbH
Mörchinger Str. 33, 14169 Berlin, info@henricus-verlag.de
Druck: Libri Plureos GmbH, Friedensallee 273, 22763 Hamburg

ISBN 978-3-7437-0169-4

Bibliografische Information der Deutschen Nationalbibliothek

Die Deutsche Nationalbibliothek verzeichnet diese Publikation in der Deutschen Nationalbibliografie; detaillierte bibliografische Daten sind im Internet über www.dnb.de abrufbar.

1.

»Siehst du die purpurne Röte, die in gerader Linie sich herab auf die Erde senkt?« fragte Romulus Futurus in größter Aufregung seinen Freund John Crofton, den berühmten Berichterstatter des ›New York Herald‹ in Berlin. »Bist du nun überzeugt, dass ich die Wahrheit gesprochen habe? Noch kannst du den roten Kometen nicht erkennen, und niemand wird imstande sein, ihn mit bloßem Auge zu sehen. Aber jetzt gibst du zu, dass meine Diagnose richtig war?«

John Crofton, ein Mann von etwa sechsunddreißig Jahren, mit echt amerikanischem Typus, beugte sich schweigend nieder und sah durch eines der großen Riesenferngläser hinauf zum Horizont. Es war abends um 9 Uhr am 10. Oktober des Jahres 2439.

»Berlin steht augenblicklich in der Ekliptik des ›Steinbocks‹, des ›Wassermanns‹, der ›Fische‹, des ›Widders‹, des ›Stieres‹ und der ›Zwillinge‹«, fuhr der große Astronom zu sprechen fort. »Im Osten stehen ›Castor und Pollux‹, die Zwillingssterne, die in letzter Zeit eine seltsame Lichtfülle verbreiten. Östlich zwischen dem Horizont und dem Scheitelpunkt erblickst du die ›Capella‹ im ›Fuhrmann‹«.

»Ist das jener Doppelstern, von dem der eine strahlender erscheint als der andere?« fragte Crofton, immer noch durch das Fernrohr blickend.

»Ganz recht. Schon die ältesten Astronomen schreiben der ›Capella‹ das Alter der Sonne zu. Diese beiden Sterne brauchen hundertundvier Tage, um sich umeinander zu bewegen.«

»Wenn ich nicht irre«, meinte John Crofton, »so haben verschiedene Gelehrte den Untergang der Welt durch einen Zusammenstoß mit der ›Capella‹ prophezeit?«

Romulus Futurus lächelte. Das stand ihm wohl an; denn er war ein großer, kräftiger Mann mit schwarzem, leicht meliertem Vollbart und sinnenden Augen.

»Das kam daher, weil diese Zwillingssterne sich im Laufe der letzten Jahrzehnte fast unmerklich der Erde genähert haben, allerdings um ein Minimum, das nur die Mathematik der Astronomen hat feststellen können. Du wirst dich erinnern, John, dass man zuerst den roten

Schimmer, der seit einiger Zeit unsere Erde erfüllt, der ›Capella‹ zugeschrieben hat.«

»Bis du aufgetreten bist, Romulus, und mit Hilfe deiner neuen, fabelhaften Erfindung, der lichtempfindlichsten photographischen Platte der Welt, dem ›Lumen‹, nachwiesest, dass ein neuer Komet, vorläufig unsichtbar durch einen dichten Nebelmantel, der Erde sich nähere. Auf diese Entdeckung hin wurde dir ja auch der Ehrenname ›Futurus‹ verliehen.«

John Crofton sprach die Wahrheit. Dieser Komet, der die beiden Männer in der Sternwarte beschäftigte, war bis jetzt noch nicht sichtbar geworden. Aber die Erde stand im Zeichen eines roten Schimmers seit mehr denn sieben Monaten, umflossen von einem purpurnen Glanz, der sich wie ein fabelhafter Regenbogen scharf vom Himmel abhob und alles mit einer aufregenden Lichtfülle übergoss.

Einige Wochen hatte ein Taumel die Welt erfasst, denn niemand hatte anders geglaubt, als dass der Weltuntergang schon hereinbreche. Das kam in der Hauptsache wohl daher, weil man zuerst die ›Capella‹ für den verhängnisvollen Kometen hielt, und weil die Astronomen berechnet hatten, dass, wenn sie der Erde überhaupt nur so nahe kommen würde, wie die Sonne, jedes Leben unten unmöglich werden müsste.

»Fabelhaft! Einfach fabelhaft!« begann John Crofton plötzlich, indem er den Blick auf einen großen photographischen Apparat heftete, der mitten in der Sternwarte stand. »Da drinnen befindet sich also deine phänomenale Erfindung, Romulus?«

Der Astronom lächelte.

»Ich habe bis jetzt nur gehört, Romulus, dass du imstande gewesen bist, den roten Kometen zu fotografieren, ehe ihn eines Menschen Auge überhaupt hat wahrnehmen können; nicht einmal durch die größten und sichersten Fernrohre war er zu sehen. Was ist das für ein unglaubliches Ding, das um so vieles lichtempfindlicher ist, als das menschliche Auge?«

»Das ist eine Platte, die ich dir gerne zeigen möchte, wenn sie nicht mit dem Augenblick unbrauchbar werden würde, da sie mit dem Lichte in engste Berührung kommt«, entgegnete Romulus Futurus. »Diese photographische Platte ist von solcher Vollendung und Lichtempfindlichkeit, dass die Dinge bei der Aufnahme sich nicht so reproduzieren, wie man sie seit langen Zeiten kennt und wie das menschliche Auge sie sieht. – Nein!« fuhr Romulus Futurus in wachsender Begeisterung fort, während seine Augen leuchteten. »Wenn alle Sinne trügen, so spricht meine photographische Platte die lauterste Wahrheit, denn sie zeigt alles so, wie es ist. Man wird in unserem Jahrtausend erkennen müssen, dass fast alles anders ist, als man bislang angenommen hat; ja ich behaupte, dass meine neueste Erfindung die äußersten Grundsätze umstoßen wird.«

In der Tat, Romulus Futurus hatte recht. Das erkannte auch die deutsche Nation, als sie ihn in Anerkennung seiner Verdienste und Fähigkeiten zum Kultusminister machte. War doch das Ereignis auf die Prophezeiung erfolgt! Während man erst nur einen dichten, grauen Nebel am Himmel gesehen hatte, war plötzlich dieser rote Strahl auf die Erde geglitten, der von Woche zu Woche, ja beinahe von Tag zu Tag sich verstärkte und die Menschen in einen wahren Sinnestaumel versetzte. Schließlich hatte Romulus Futurus der Akademie der Wissenschaften die Fotografie des roten Kometen gezeigt, desselben, den bis jetzt noch niemand hatte wahrnehmen können.

– Bis dorthin hatte Romulus einen anderen Namen besessen; ›Futurus‹ war der Ehrenname, den ihm die Akademie auf die Entdeckung des Kometen hin verlieh. Denn in damaliger Zeit fand man es geschmacklos, die wenigen Gärten der Erde auszurotten und durch Denkmäler zu verunzieren, oder gar Orden und Denkmünzen als Ehrenzeichen zu verteilen; man gab dem, den man über die anderen hervorheben wollte, das Recht, einen besonderen, auf seine Fähigkeiten und Verdienste hinweisenden Namen zu tragen. –

Berlin stand also seit Monaten im Zeichen des roten Kometen. Nicht nur Berlin! Ganz Deutschland, ganz Europa, die ganze Welt! Und die ganze Erde war verwandelt! Von alters her wusste jeder Psychiater, dass die rote Farbe eine aufreizende Wirkung auf die Sinne besitzt. Das Leuchten des neuen Kometen aber war so intensiv, dass sich kein Mensch auf der Erde seinem Einfluss entziehen konnte. Es trat ein plötzlicher Umschwung in den Charakteren ein, der kaum zu beschreiben wäre. Die Welt, die bis zu diesem Zeitpunkte sich mehr und mehr von den Übertreibungen des Mittelalters und des Altertums in sinnlicher Beziehung entfernt hatte, kehrte zu den ursprünglichen Leidenschaften zurück.

In den Palästen der Reichen jagten sich die Orgien. Das Verbrechen nahm in furchtbarer Weise überhand und trat gerade da auf, wo man es bislang am wenigsten vermutete. –

John Crofton hatte sich schweigend in einen Sessel geworfen und eine Zigarette angezündet. Der Abend schritt vor.

Die beiden Männer waren seit vielen Jahren Freunde, und dieses Band hatte sich noch gefestigt durch ihre gegenseitige Stellung, denn John Crofton war in seiner Position das, was in früheren Zeiten die Gesandten vorstellten. Es gab keinen diplomatischen Austausch zwischen den Ländern mehr, sondern die regierende Presse sandte ihre Vertreter in die einzelnen Staaten, und in den Händen dieser Männer lagen alle die Rechte und Befugnisse, welche ehedem die offiziellen Gesandten inne gehabt hatten.

»Hättest du nicht Lust, Romulus, uns heute Abend Gesellschaft zu leisten?« fragte der Journalist plötzlich.

Futurus entgegnete lachend:

»Ich habe für heute nichts vor, John, und werde mich also freuen, mit meiner Gemahlin zu dir zu kommen. Hast du ihr schon deine Aufwartung gemacht?«

»Nein, ich will das nachholen, ehe ich dich verlasse«, entgegnete John Crofton mit einer gewissen Verlegenheit, die seinem Freunde entging.

Futurus fragte neuerdings:

»Erwartest du außer uns noch weitere Gäste?«

»Ja, mein Freund. Es haben sich angesagt: Miss Head, die berühmte Sängerin der großen Oper, die übrigens vor kurzer Zeit durch den Minister der schönen Künste den Ehrennamen ›Divina‹, die Göttliche, erhielt; sodann General Treufest, welcher vor einigen Monaten das Kommando der schweren deutschen Küstenartillerie übernommen hat. In seiner Begleitung versprach Ralph Jonathan Wieland zu kommen, derselbe, der die großen elektrischen Kraftwerke der Nord- und Ostsee besitzt, also ein richtiger deutscher Magnat des Goldes, nach neuester Schätzung der reichste, den wir überhaupt besitzen. Gegen ihn waren die amerikanischen Kohlenbarone die reinsten Waisenkinder!«

»Sonst kommt niemand?«

»Wenn wir Glück haben, so werden wir auch die junge Fürstin Angelika bei mir sehen, desgleichen Dr. Diabel den Hausarzt des Regenten. Er dürfte in Begleitung seines Famulus, des Studenten der Medizin Peter Cornelius, erscheinen.«

»Also eine Gesellschaft, die interessant zu werden verspricht«, entgegnete Romulus Futurus.

John Crofton verabschiedete sich. Er schritt von der Sternwarte durch einen schier endlosen Gang, der durch die Bibliothek und die kostbare Gemäldegalerie des berühmten Astronomen und Kultusministers führte, bis er die Gemächer Frau Fabias, der Gattin des Romulus Futurus erreicht hatte.

Es war kein Geheimnis in Berlin, dass der Astronom mit seiner Gattin nicht gerade sehr gut lebte.

»Nicht umsonst war es eine Liebesheirat«, pflegte John Crofton zu witzeln, wenn er sich im eingeweihten Freundeskreise befand.

Jetzt blieb er vor einem der riesengroßen Venezianer stehen, richtete seine nach neuester Mode gefärbte Krawatte und ließ sich Frau Fabia melden.

Durch hallende Prunkgemächer hindurch führte ihn der Diener in das große Wohnzimmer der jungen Frau.

Sie saß nachlässig zurückgelehnt in einem byzantinischen Sessel und beschäftigte sich mit einer Stickerei. Um sie waren afrikanische Sklavinnen, junge Negerinnen, welche aus den Kolonien nach Europa geschickt worden waren, um die mangelnden Arbeitskräfte zu ersetzen.

Unruhig sah sie auf, als der Kammerdiener John Crofton meldete, gab aber doch durch ein leichtes Kopfnicken ihre Zustimmung kund, ihn zu empfangen.

Der Besucher trat ein. Einige Sekunden blieb er stehen, ganz und gar in den Anblick dieser wundervollen Frau versunken. Sie war außergewöhnlich schön. Gleich Romulus Futurus, ihrem Gatten, war sie groß, ein richtiges Kind unverfälschter Rasse, mit breiten Schultern, deren vornehme Rundung durch ihre kraftvolle Gestaltung nicht beeinträchtigt wurde. Schwarzes Haar umrahmte das edel geschnittene Gesicht mit den großen, dunklen Augen, in denen der Glanz einer fröhlichen Lebensauffassung lag. Die Miene, welche John Crofton zur Schau trug, war eine ganz andere, als bei Romulus Futurus. Auf seinem Gesicht spielte ein heimliches, sinnliches Lächeln, als er sich Frau Fabia näherte, ihre weiße, kühle Hand an seine Lippen zog und sagte:

»Wie befinden Sie sich, gnädigste Frau?«

Sie entgegnete lachend, das große, schöne Auge zu dem Besucher erhebend:

»Gut, wie immer, mein Freund.«

Sie sprach nicht die Wahrheit. Aber niemandem hätte sie gestanden, dass sie Tage und Nächte durchweinte in der Einsamkeit; das Unglück ihrer Ehe war nicht durch ihre Schuld hervorgerufen, sondern durch Romulus Futurus, der ihre Nähe mied. Sie selbst liebte ihren Gatten mit einer an Wahnsinn grenzenden Leidenschaftlichkeit, aber ihr Stolz verbot ihr, dies kundzutun.

John Crofton, der geschickte Weltmann, bemerkte sehr wohl, dass sie log, und flüsterte:

»Die Einsamkeit macht Sie noch schöner, Frau Fabia. Unter allen Todsünden ist wohl jene die größte, die Romulus an Ihnen begeht.«

Sie zuckte leicht zusammen und sandte ihre Dienerinnen aus dem Zimmer. Dann sagte sie, während ihre Stimme einen kühlen Klang annahm:

»Ich habe Ihnen kein Recht gegeben, Mr. Crofton, in dieser Weise von meinem Gatten, von mir und unseren eigenen Angelegenheiten zu sprechen.«

Zwischen seine Brauen grub sich eine Falte. Fast heftig entgegnete er:

»Doch, Frau Fabia! Ich weiß, dass Sie vorübergehend eine Neigung für mich besaßen, dass Sie hofften, bei mir Trost zu finden!«

Sie wurde tiefrot und entgegnete:

»Es ist wahr. Es gab eine kurze Zeit, in der ich alles tat, um meinen Gatten zu vergessen und wo ich glaubte, eine Neigung für Sie zu empfinden. Warum sollte ich es leugnen? Aber das ging schnell vorüber, und ich kann Sie versichern, Mr. Crofton, dass ich Ihre Worte und die Art, wie Sie sich heute bei mir einführen, als Beleidigung empfinde!«

Er entgegnete leidenschaftlich:

»Die Liebe, die wahnsinnige Liebe, die ich für Sie empfinde, Frau Fabia, gibt mir ein Recht, anders zu Ihnen zu sprechen, als zu jeder andern Frau!«

Sie erhob sich rasch. Er aber fasste mit beiden Händen nach ihrem weißen, hübschen, kühlen Arm und drückte die schöne Frau mit Gewalt in ihren Sessel zurück. Ja, einige Augenblicke entspann sich ein Ringen zwischen diesen beiden Menschen; die Beleidigung, die John Crofton der Gattin eines der angesehensten Männer in Berlin zufügte, war unerhört. Aber alle Bande der Sitte und jener Rücksichten, die die Menschen im eigensten Interesse zu Gesetzen gemacht hatten, waren gerissen unter dem Einfluss des rötlich schimmernden Lichtes, das auch Frau Fabias Zimmer geheimnisvoll durchflutete.

»Sie müssen mich erhören!« fuhr John Crofton mit einer Stimme fort, welche die unglückliche Frau erschreckte und sie jedes weiteren Widerstandes beraubte. »Ja, ich liebe Sie, werde nie aufhören, Sie zu verehren, und Sie werden mein werden, ich schwöre es Ihnen, und wenn ich Berge niederreißen müsste, Sie zu gewinnen!«

Er hatte sich auf die Knie niedergelassen und seine Arme um den Leib der Frau geschlungen, die die Gattin seines Freundes war, den er in diesem Augenblick in der schmählichsten Weise betrog. Frau Fabia aber sprang auf, riss seine Arme von ihren Hüften und schleuderte sie von sich, als seien sie giftige Reptilien, vor denen sie sich entsetzte.

»Ich habe Ihnen nichts mehr zu sagen, als das eine: Betreten Sie nie mehr meine Gemächer ohne Begleitung meines Gatten!«

John Crofton machte einen letzten Versuch, sich ihr zu nähern. Er stürzte noch einmal auf sie zu, riss sie an sich, ja, er vergaß in diesem Augenblick, was er Frau Fabia als Weib schuldig war, und bog ihren Kopf zurück, um seine Lippen auf die ihren zu pressen, sie aber riss sich los und erreichte die elektrische Klingel, welche in das Dienerzimmer führte.

Da verließ der Amerikaner das Gemach. Draußen, als der Lakai ihm den Mantel um die Schultern hing, knirschte er mit den Zähnen.

»Du sollst es mir büßen! Du sollst es furchtbar büßen!«

Damit verließ er des Romulus Futurus' Haus.

2.

Es war eine bizarre Idee des Astronomen, dass er in den kleinen Kreis, den er bei John Crofton traf, seinen photographischen Apparat mitnahm. Vielleicht hatte der Journalist ihn auch darum gebeten; jedenfalls wurde die photographische Platte, die in aller Welt bereits bekannt war, der Beginn von Romulus Futurus Unglück und Untergang.

Der große Gesellschaftssaal in dem Hause John Crofton war mit einer langen Tafel versehen worden. Man hatte alle elektrischen Lichter verlöscht und ließ nur dem purpurnen Lichte des Kometen Zutritt, das ganz Berlin erfüllte und die Menschen in einer ewig prickelnden Aufregung hielt.

Die kleine, gewählte Gesellschaft unterhielt sich aufs Beste. Schon die Tatsache, dass Divina, die Sängerin, in diesen vornehmen Kreis geladen worden war, bewies, dass man im dritten Jahrtausend alle lästigen Vorurteile der früheren Zeiten beiseite ließ.

Das Gespräch drehte sich natürlich um den roten Kometen, der seit Monaten alle anderen Interessen in den Hintergrund gedrängt hatte. Zudem war Romulus Futurus die einzige Autorität, die über den neuen Stern sachkundige Aufklärungen geben konnte.

»Nun, was meinen Sie, Herr Kultusminister«, sagte Miss Head-Divina, indem sie mit einer koketten Bewegung das feingeschliffene, biegsame Sektglas an die rotleuchtenden Lippen hob und Romulus Futurus einen ihrer zündendsten Blicke zuwarf: »Wird der neue Komet zu uns kommen ober nicht?«

Romulus Futurus nickte.

»Er wird zu uns kommen, Miss Head-Divina, verlassen Sie sich darauf!«

Sie legte den schönen Hals zurück und lachte, wurde aber plötzlich ernst und beugte sich vor mit dunkel sprühenden Augen:

»Ich erwarte ihn! Ich erwarte ihn voll Ungeduld! Ob Sie mir glauben oder nicht, Herr Minister, ich vergehe förmlich vor tiefer, heißer Sehnsucht nach diesem Stern, den man ja bald zu sehen bekommen wird! Sein Licht ruft in mir etwas wie eine stete Raserei hervor!«

John Crofton, der bevorzugte Günstling der schönen Amerikanerin, beugte sich über ihre weißen Schultern und flüsterte:

»Ich werde eifersüchtig werden, göttliche Happy, eifersüchtig auf diesen Kometen, der dich scheinbar mehr interessiert, als meine Liebe!«

Sie warf ihm einen lächelnden Blick zu und sah dann zu Ralph Jonathan Wieland hinüber, dem Krösus, der mit gleichgültiger Miene sein Sektglas hob. Und es wollte Romulus Futurus, dem Menschenkenner, scheinen, als ob in dem nebensächlichen Blick der göttlichen Sängerin und der offen zur Schau getragenen Gleichgültigkeit des Krösus ein geheimer Sinn läge.

Aber der Astronom war klug genug, zu schweigen, umso mehr, als ihm die Leidenschaft für eine Frau etwas Unverständliches war. Er hatte nie in seinem Leben geliebt, und der Rausch, den er einstmals für seine

Braut Fabia empfunden, war eben nichts weiter gewesen als eine Aufwallung, die sich rasch genug gelegt hatte. Das Weib erschien ihm als etwas durchaus Minderwertiges, das kein Anrecht auf männliche Ehrerbietung besaß, und Romulus Futurus hatte aus diesen seinen Ansichten auch niemals ein Hehl gemacht. Sein Benehmen gegen die Frau war, wenn auch durch weltmännische Gewandtheit verdeckt, stets von einer heimlichen Brutalität geleitet.

»Und was wird werden, wenn der Komet auf die Erde kommt?« fragte Dr. Diabel, indem er sein bleiches, von einem blauschwarzen Bart umrahmtes Gesicht über den Tisch neigte und gleichzeitig die großen, glänzenden Augen auf die Fürstin Angelika heftete, die am Ende der Tafel saß und keinen Blick von Romulus Futurus wandte. Die junge Fürstin war das Gegenteil von Frau Fabia. Schlank, zierlich, dabei von seltener Schönheit, glich sie einer jener Orchideen, die in den Treibhäusern ihre schönsten Farben entwickeln. »Was wird geschehen, wenn der Komet auf die Erde kommt?« wiederholte Dr. Diabel seine Frage.

Da Romulus Futurus nicht sofort antwortete, so entgegnete General Treufest:

»Darüber kann ich Ihnen Auskunft geben. Auf alle Fälle werden wir mit allen Hilfsmitteln der Technik, die uns zur Verfügung stehen, versuchen, das drohende Unheil abzuwenden. Sollte es aber etwa gar auf einen Eroberungszug der mystischen Bewohner dieses Kometen abgesehen sein, so werden sie eine fatale Bekanntschaft mit unseren großen Riesenkanonen machen müssen.«

»Es besteht sehr wenig Wahrscheinlichkeit, dass dieser Komet bewohnt ist!« wandte Romulus Futurus ein. »Die Tatsache, dass er eine so phänomenale Leuchtkraft besitzt, spricht dagegen. Dieses Purpurlicht, meine ich, ist auch vorläufig für uns eine größere Gefahr, als der Komet selbst, denn unsere Zeitungen bringen tagtäglich neue, fürchterliche Berichte über Entartungen und Verbrechen, die im Zeichen des roten Kometen geschehen!«

»Zuerst wird wohl eine Revolution ausbrechen, wie die Erde keine zweite gesehen hat!« sagte plötzlich hastig Peter Cornelius, der junge Student, indem er sich nervös durch das reiche, blonde Haar fuhr. »Die Völker werden aufstehen und das Joch der Tyrannei abwerfen, unter dem sie lange genug geschmachtet haben.«

Während er das sagte, sah er mit brennenden Augen zu Miss Head-Divina hinüber. Die aber schenkte ihm keinen Blick. Sie hatte sich vorgebeugt und flüsterte dem General zu:

»Ist es wahr, wovon man allgemein spricht? Wir werden einen Krieg mit Frankreich und England bekommen?«

Der General, der sich schon in vorgerückter Weinlaune befand, entgegnete:

»Es ist richtig, dass eine außergewöhnliche Aufregung zwischen diesen drei Ländern besteht und dass im Kriegsministerium eifrig gerüstet wird. Aber woher wissen Sie davon? Bis jetzt wird alles geheim gehalten!«

Woher sie davon wusste? Natürlich von John Crofton, dem Bevollmächtigten Amerikas, der besser orientiert war als General Treufest. Miss Head aber versuchte, den General weiter auszuforschen.

Plötzlich kam John Crofton auf die bizarre Idee, Romulus Futurus möchte sie doch alle zusammen fotografieren.

»Nachdem dein Apparat von einer so immensen Schärfe ist, Romulus, dass er selbst versteckte Kometen auf die Platte zaubert, so dürften die Bilder, die du von uns erhältst, sicherlich das Beste werden, was hervorgebracht werden kann. Wir werden keine verschwommenen, oberflächlichen Züge tragen. Wir müssen auf dem Bilde ganz so sein, wie wir in Wirklichkeit sind und wie wir uns mit unseren schwachen Augen überhaupt nicht sehen. Happy«, – der große Journalist wandte sich an die Schauspielerin, die die Brauen hochgezogen hatte und mit einer gewissen Unruhe diesem Vorschlage zuhörte. – »Happy, nimm dich in acht! Die Entstehungsgeschichte deiner Schönheitspflästerchen wird sicherlich auch auf diese mysteriöse Platte gezaubert werden, und ich werde vielleicht, wenn ich dich im Bilde sehe, finden, dass du abscheulich bist!«

Romulus Futurus widersprach lebhaft dem Wunsche des Freundes, ein Experiment auszuführen, das der berühmte Astronom bis zu diesem Augenblick noch nie versucht, denn er hatte seine Erfindung ganz und gar in den Dienst der Wissenschaft gestellt.

Sein Freund John Crofton aber ließ nicht nach mit Bitten, und schließlich musste Romulus Futurus doch selbst zugeben, dass er etwas Ähnliches im Sinne gehabt, sonst hätte er den Apparat ja gar nicht in die Wohnung seines Freundes zu bringen brauchen. Oder war dies rein mechanisch geschehen, unter dem Drucke jenes Unbewussten, das John Crofton ›das schwarze Schicksal‹ zu nennen pflegte? –

Genug – Romulus Futurus entschloss sich, zum Andenken an diesen vergnügten Abend ein Gruppenbild herzustellen. Auch seine Gattin nahm an dem Tische Platz, um den sich alle Anwesenden mit natürlicher Grazie gruppierten. Romulus Futurus schob unter dem Schutze eines schwarzen Tuches die lichtempfindliche Platte ›Lumen‹ in den Apparat.

Eigentlich empfand er ein dunkles, geheimes Grauen gegen die Ausführung seines Planes. Aber er scheute sich, es zu gestehen. Nachdem er also mit seinen Vorbereitungen zu Ende war, exponierte er eine halbe Minute, nahm dann die ›Lumen‹-Platte heraus und überzeugte sich, dass die Aufnahme gelungen war.

»Ich werde jedem der Beteiligten morgen ein Bild senden«, sagte er. – Eine leichte Blässe überzog sein Antlitz, nachdem er die Platte gegen das Licht längere Zeit beobachtet hatte. Es war nämlich eine Eigenheit derselben, dass sie sofort, ohne entwickelt und fixiert werden zu müssen, deutlich nach der Aufnahme das Negativ dem Auge zeigte.

Spät des Nachts trennten sich die Gäste. Intensiv und grell war das purpurne Licht, das vom Himmel in die Fenster strömte.

»Der Komet ist wieder um viele Tausend Kilometer näher gekommen«, murmelte Romulus Futurus und sah auf die Uhr.

In dem prachtvollen Flugcoupé, das der Astronom besaß, fuhr er mit seiner Gattin Fabia, die den ganzen Abend über schweigsam gewesen war, nach Hause.

Eine Viertelstunde später saß er wieder in dem großen, kühlen Raume der astronomischen Sternwarte. Die fabelhaften Riesengläser glotzten ihn mit ihren schwarzen, unheimlichen Augen an. Das Firmament schien ein unendlicher Teppich von blauer Farbe zu sein, in den ungezählte blitzende Diamanten gewebt waren. Über alles spannte sich ein greller, roter Bogen.

Das war der Himmel.

Angesichts der gigantischen Unendlichkeit begann Romulus Futurus einen Abzug von der Platte zu machen. Warum zitterte er? Warum nahm dieses nebensächliche Geschäft seine Aufmerksamkeit dermaßen in Anspruch, dass er in jener Nacht sogar vergaß, seine gewöhnlichen Beobachtungen zu machen und zu registrieren, dass der rote Komet sich der Erde wiederum ein verhängnisvolles Stück genähert hatte? – –

Es war etwa drei Uhr morgens, als Romulus Futurus den sprechenden Abzug vor sich auf den Knien liegen hatte.

Da war er so bleich wie die weißen Wände des Sternwartensaales und seine Augen glühten beinahe so rot wie der Komet. Auf dieser Platte stand ein furchtbarer Roman, mit blutiger Tinte geschrieben, mit hässlichen Wahrheiten durchsetzt. Er bemerkte nicht, dass Frau Fabia leise und unhörbar, das weiße Gewand gerafft, dass es nicht rauschen konnte, in die Sternwarte getreten war. Und wie sie nun einen Blick über die Schultern ihres Gatten hinweg auf das Bild geworfen hatte, schrie sie plötzlich auf und rang verzweifelt die Hände:

»Ich bin unschuldig! Ich schwöre dir, Romulus, ich bin unschuldig!«

Er aber packte sie an ihren langen, wunderschönen schwarzen Haaren und stieß sie zu Boden, dass sie beinahe die Besinnung verlor und zusammengekauert liegen blieb, gleich einem verwundeten Reh. Romulus Futurus aber rannte wie ein Rasender auf und nieder; indem er zu seiner Gattin Fabia sprach, deutete er von Zeit zu Zeit auf das Bild, dann wieder gestikulierte er mit den Händen in der Luft.

»Ich wusste es ja!« schrie er, »ich wusste es ja! Die ›Lumen‹-Platte ist so empfindlich, dass sie die schwächsten Reaktionen mit genauester Deutlichkeit wiedergibt! Die Platte hat nicht nur die Gesichter all dieser Elenden fotografiert, sondern auch ihre heimlichsten, tiefsten und innerlichsten Gedanken. Ha! Ich halte also jetzt den Schlüssel zu einer neuen, geheimnisvollen und furchtbaren Wissenschaft in Händen! Ich werde imstande sein, von heute ab zu wissen, was jeder Mensch denkt!«

Selbstverständlich hatten sich die Gedanken, von denen Romulus Futurus sprach, nicht in Schriftzeichen auf der Fotografie kopiert. Es ist eine alte Weisheit, dass jedes Ding auf Erden einen Reflex hinterlässt, jede Bewegung, jede Schall-, jede Lichtwelle. Ebenso gibt auch der menschliche Gedanke, so schnell er immer gedacht sein mag, einen unwillkürlichen Reflex in den menschlichen Mienen, so deutlich, dass jedes Kind den Gedanken lesen könnte, wenn sein Auge nur scharf genug wäre, den Reflex zu sehen.

Romulus Futurus hätte kein so großer Psychologe sein müssen, um nicht die Empfindung, die sich in den Mienen des Einzelnen in dem Moment der photographischen Aufnahme ausgeprägt hatte, lesen zu können.

»Es ist ein Wunder! Ein unnennbares Wunder!« murmelte Frau Fabia, die immer noch nicht die Kraft besaß, sich zu erheben, und mit einer Miene wahnsinnigen Entsetzens auf ihren Gatten blickte. »Ich habe deutlich gesehen, dass aller Augen auf den photographischen Apparat gerichtet waren. Und doch blickt jetzt auf der entwickelten Fotografie jeder nach einer anderen Seite!«

»So groß ist die Beweglichkeit des menschlichen Auges, so enorm die Verwandlungsmöglichkeit der Iris!« stieß Romulus Futurus zwischen den Zähnen hervor. Plötzlich beugte er sich zu Frau Fabia nieder.

»Siehst du dein Gesicht? Siehst du deine Mienen? Siehst du, wie du zu John Crofton hinüberblickst? Ah, nicht genug, dass ich nur einen einzigen Freund besitze! Du willst ihn mir noch rauben! Der starre Blick, mit dem du ihn betrachtest, beweist mir alles! Warum denkst du immer an ihn? Warum beschäftigten sich deine Gedanken in dem Augenblick, da ich die photographische Aufnahme machte, einzig nur mit ihm?«

»Ich liebe ihn ja nicht, ich hasse und verabscheue ihn!« rief Fabia verzweifelt. Aber Romulus Futurus hörte nicht auf sie. Er fuhr fort, den Blick in die Fotografie förmlich vergrabend:

»Miss Head-Divina sieht zu dem reichen Krösus hinüber. Ihre Miene ist schrecklich, halb Wahnsinn, halb diabolische Grausamkeit und Schlechtigkeit. Wie sie Ralph Jonathan Wieland anblickt! Ihr Auge taucht förmlich in das seine! Ihr Gesicht, das im Moment der Aufnahme ernst und starr gewesen wie Stein, ihr Gesicht lächelt, und um ihre Mundwinkel ringeln sich abscheuliche Schlangen. Soll ich dir sagen, was sie denkt? Hier steht es geschrieben! Hier steht es! Seid ihr nicht alle gleich, ihr Frauen?«

»Ja, ich bin geneigt, Ihren Antrag zu erhören, Ralph Jonathan Wieland«, sagt sie. »Aber – Siehst du, Fabia, wie sie sich zu gleicher Zeit halb zu meinem Freunde John Crofton hinüberwendet? Und da! Da!« –

Romulus Futurus schüttelte sich und heftete den Nagel des rechten Zeigefingers auf das Gesicht Ralph Jonathan Wielands.

»Siehst du die scheußliche Grimasse des Krösus? Siehst du, wie er meinen Freund John Crofton anstarrt? Die Lippen Wielands sind halb geöffnet. Ich sehe förmlich die gefletschten Zähne! Die Nasenflügel sind hinaufgezogen, wie man dies bei wilden Tieren im Augenblick des Angriffs bemerken kann. Die Augen sind zusammengekniffen, und strahlenförmig spannen sich die Falten um seine Schläfen!«

Romulus Futurus schwieg. Seine Augen öffneten sich unnatürlich weit, denn er las, las deutlich auf diesem bis zur Scheußlichkeit verzerrten Gesicht den furchtbaren Gedanken, der Ralph Jonathan Wieland im Augenblick der Aufnahme beherrschte.

Inzwischen blickte Frau Fabia mit nicht minder entsetzten Augen auf das Gesicht der jungen Fürstin Angelika, die Romulus Futurus ansah. Auch ihre Gedanken waren mit unverkennbarer Deutlichkeit fotografiert, und Frau Fabia las, las mit blutendem Herzen die Gedanken der Fürstin:

»Romulus Futurus, ich liebe dich in Ewigkeit!«

Und neben der Fürstin saß Dr. Diabel und starrte sie an und dachte:

»Ich werde dich zu Tode martern, wenn du mich nicht erhörst!«

Romulus Futurus schrie plötzlich auf und starrte mit fiebernden Augen hinaus in die Nacht.

»Er will meinen Freund John Crofton töten! Jawohl, so ist es! In dieser Nacht noch! Ralph Jonathan Wieland dachte darüber nach, wie er John Crofton aus dem Wege räumen konnte, um sich selbst in den Besitz seiner Geliebten, der Schauspielerin Happy Head-Divina zu setzen!«

Und in einer Anwandlung von Abscheu und Verzweiflung warf Romulus Futurus die kostbare Platte zu Boden, zertrat sie mit den Füßen und zerriss die Fotografie in tausend Fetzen, so dass er nicht mehr die Gedanken der Fürstin Angelika lesen konnte, nicht mehr das, was der Student dachte, während Frau Fabia im letzten Augenblick noch deutlich von den Lippen Happy Head-Divina den Gedanken abgeschaut hatte:

»Ich muss versuchen, alles von dem General zu erfahren, denn die englische Regierung verlangt die Pläne des Kriegshafens von Kiel!«

Wie gesagt, die Entdeckung, welche Frau Fabia gemacht hatte, kannte Romulus Futurus nicht. Ihn beherrschte nicht nur die Erkenntnis, dass Ralph Jonathan Wieland in dieser Nacht seinen Freund John Crofton töten wollte; und während er darüber nachsann, wie er den Freund retten könnte, kam er auf eine bizarre Idee.

3.

Die Sternwarte des Romulus Futurus lag gerade im Tiergarten, etwa dort, wo vor einigen hundert Jahren der »Große Stern« gewesen. Von hier aus beherrschte die Sternwarte ganz Berlin. Die neue Stadt war nämlich in einem großen Halbkreis gebaut worden und gruppierte sich, etwa von der ehemaligen Jungfernheide angefangen, in einem Bogen, der allerdings viele, viele Stunden weit über den Gesundbrunnen, die Schönhauser Allee, Neu-Weißensee, Rummelsburg, Stralau, Rixdorf, Schöneberg und Wilmersdorf hinausreichte, um den Tiergarten.

Von seiner Sternwarte aus konnte also Romulus Futurus ganz Berlin übersehen und beobachten. Ja, er konnte noch mehr! Er erinnerte sich, dass Ralph Jonathan Wieland in der ehemaligen Königgrätzerstraße Wohnung genommen hatte. Diese war die erste Straße, die, von der Sternwarte an gerechnet, jenseits des Tiergartens überhaupt bewohnt werden durfte. Dort standen denn auch die Paläste der reichsten Millionäre von Berlin, darunter das Riesenhaus Ralph Jonathan Wielands.

Schon oft hatte Romulus Futurus nach jener Richtung geblickt und mit dem Glase den Nabob beobachten können.

»Ich habe keine Zeit zu verlieren!« murmelte er.

Ohne sich um Frau Fabia zu bekümmern, die ihn mit vorgestrecktem Hals beobachtete und plötzlich von dunklem, unbewusstem Grauen ergriffen, aus der Sternwarte floh, setzte Romulus Futurus den Riesenscheinwerfer in Tätigkeit. Er schraubte die Linse so zu, dass der Lichtschein keinen größeren Umfang hatte als höchstens ein Meter. Diesen schmalen, spitzen Lichtstrahl ließ er geradeaus nach dem Schlafzimmer des Ralph Jonathan Wieland gleiten.

Er selbst bewaffnete seine Augen mit einem scharfen Vergrößerungsglas. Es hatte die Form einer Automobilbrille. Die kleinen Gläser saßen auf hohen, runden, schwarzen Einfassungen, die wieder hohl auf den Augen lagen. So stellte er sich an das Fenster und beobachtete. In dem Bruchteil einer Minute, bevor Ralph Jonathan Wieland auf die Störung durch den weißen Strahl aufmerksam gemacht wurde, sah Romulus Futurus durch das geöffnete Fenster, dass der Krösus eben damit beschäftigt war, eine kleine schwarze Kugel mit Acetylen zu füllen. Er begriff sofort den schändlichen Mordplan dieses von Leidenschaften ganz und gar irre geführten Millionärs.

Acetylen war nämlich das neueste, furchtbarste Sprengmittel, das man im dritten Jahrtausend kannte und Acetylengranaten waren bereits bei allen schweren Geschützen eingeführt. Diese Geschosse bestanden aus Holzbüchsen mit Eisenkern, die mit Calcium Carbid gefüllt waren. Unter dem Calcium Carbid lag eine Schicht Phosphatkalium, die, sobald Wasser eindrang, Phosphorwasserstoff bildete, während das Calcium Carbid das Acetylen entwickelte. Sowie der Phosphorwasserstoff mit Luft in Berührung kam, entzündete er sich von selbst und setzte das Acetylen in Brand, das eine furchtbare Flamme entwickelte, dass die größten Wassermassen nicht hinreichen konnten, sie zu löschen.

Ohne Zweifel wollte Ralph Jonathan Wieland das Haus Croftons auf diese Weise in Brand setzen und in die Luft sprengen. Ein teuflischer Plan, den Romulus Futurus in jener Nacht zunichtemachte.

Der Millionär drehte sich plötzlich um, erschreckt und verblüfft durch die schmale Lichtflut, die in sein Zimmer drang. Als er mit den Augen ihrer Richtung folgte, da begriff er, dass sie von der Sternwarte ausging.

»Romulus Futurus!« flüsterte er in höchster Angst und versuchte, die Acetylenbombe zu verstecken und das Zimmer zu verlassen.

Aber er konnte nicht. Grenzenloses Grauen packte ihn.

Ralph Jonathan Wieland sah diese Lichtflut wie ein weißes Band, das kerzengerade von dem Leuchtturm zu ihm herüber glitt. Die Spitze des Scheines bohrte sich in seine Brust und verursachte ihm einen wahnsinnigen Schmerz.

Gerade über dem weißen Band aber, das die rot durchleuchtete Nacht wie ein Dolch durchdrang, lagen die Augen des Erfinders, von schwarzen Rändern umgeben, spitz, drohend, mit einem furchtbaren Glanz ausgestattet. Sie machten den Eindruck von zwei quallenartigen, schlüpfrigen Sternen, die über der milchigen Flüssigkeit schimmerten.

Jonathan Wieland schüttelte sich vor Grauen. Er machte die verzweifeltsten Anstrengungen, sich von diesem furchtbaren Anblick loszureißen. Aber er war nicht imstande, auch nur die geringste Bewegung zu machen.

Inzwischen beobachtete ihn Romulus Futurus mit einem teuflischen Lächeln. Er nahm seine ganze Willenskraft zusammen, legte sie in seine Augen und fesselte Jonathan Wieland in seinen Bann.

Dieser stand in der Mitte seines Zimmers, die furchtbare Bombe in Händen, die durch die geringste ungeschickte Bewegung allein schon zur Entzündung gebracht werden konnte, grün vor Entsetzen, während der schmale Lichtstreifen sich immer tiefer in seinen Körper bohrte und die Schmerzen immer gewaltiger wurden.

Und Romulus Futurus sagte in seiner Sternwarte laut, während er den Kopf zwischen die Schultern steckte und die furchtbaren Augen immer noch unbeweglich über der Lichtflut glitzern ließ:

»Ich will, dass du die Acetylen-Bombe zu Boden fallen lassest!«

Nicht sofort wirkte der auf diese Weise übertragene Wille. Obgleich Jonathan Wieland sich ganz und gar im Banne der Hypnose befand, besaß er doch selbst so viel gesunde Kraft, dass er sich zu wehren vermochte, dass er dem furchtbaren Willen seines entfernten Feindes Wiederstand entgegen setzen konnte.

Der aber ließ nicht nach.

»Ich will, dass du die Acetylen-Bombe zu Boden fallen lassest!« wiederholte er noch einmal eintönig, biss die Zähne aufeinander und bohrte seine Augen in die des Jonathan Wieland. Jener begann zu zittern, während diese furchtbaren schwarzen Quallen über der Lichtflut, vergrößert durch die Gläser, seine Blicke förmlich in sich einsogen, während diese entsetzlichen, gierigen Spinnenaugen des Romulus Futurus den letzten Willen aus dem Körper Wielands bannten und seine letzten Kräfte fraßen.

Und plötzlich stieß der Millionär einen furchtbaren, gellenden Schrei aus und ließ die Bombe fallen.

Die Folge war schrecklich. Das Haus des Krösus stürzte ein und begrub ihn und seine zahlreiche Dienerschaft unter seinen Trümmern. Eine ungeheure Flammensäule schoss augenblicklich in die Höhe und hätte vielleicht halb Berlin eingeäschert, würde nicht das Tekton, ein unverbrennbarer Baustoff, mit dem fast alle Häuser überzogen waren, selbst diesen furchtbaren Flammen einen energischen Widerstand entgegengesetzt haben.

Es gelang der rasch herbeigeeilten Feuerwehr, nach unendlichen Anstrengungen, den Brand zu löschen und die übrigen Häuser vor der Vernichtung zu bewahren.

Von Ralph Jonathan Wieland wurde nichts, aber auch nichts mehr gefunden. Sein Körper war dermaßen zu Asche verbrannt, dass auch nicht die Knochen eines Gliedes übrig geblieben waren.

Und niemals erfuhr man, auf welche Weise dieses entsetzliche Unglück zustande gekommen war.

Die Aufmerksamkeit der Berliner wurde übrigens rasch wieder durch den roten Kometen abgelenkt. Dieser hatte sich nämlich jetzt der Erde soweit genähert, dass man deutlich seine Form und Gestaltung erkennen konnte.

Die Deutschen aber hatten kaum mehr Zeit, sich mit dem neuen Gestirn zu beschäftigen; denn der Krieg zwischen der deutschen Nation einerseits und den Engländern und Franzosen andererseits stand bevor. Eifrig wurde gerüstet. Und ungeheure Mengen von Munition wurden an den großen Kriegshäfen Wilhelmshafen und Kiel aufgestapelt.

Die Armee trat unter Waffen.

Romulus Futurus nahm an diesen Vorgängen wenig Anteil. Er erkannte sehr richtig, dass die plötzliche Kriegsleidenschaft zwischen den Nationen ebenfalls nichts weiter als eine Folge des roten Lichtes war, das dieser Unglückskomet ausstrahlte. Und doch wollte es Romulus Futurus scheinen, als ob die Schnelligkeit, mit der der Komet sich bisher der Erde genähert hatte, abnahm. So arbeitete der große Astronom in aller Ruhe an seinen Problemen weiter. Er empfand nicht die geringsten Gewissensbisse über sein nächtliches Verbrechen und kam mit Frau Fabia kaum mehr in Berührung. Und doch war es eigentlich nur der rote Komet, der das Schicksal des Romulus Futurus in die seltsamsten Bahnen trieb.

In sein Leben trat nämlich ein neues, merkwürdiges Ereignis. In dem Hause befand sich ein großer Saal, in dem die Bilder seiner Ahnen hingen. Dieser Raum, der mit einer riesigen Bibliothek in Verbindung stand, war der Lieblingsaufenthalt des Astronomen; hier hing auch in der Mitte der Wand in goldenem Rahmen sein Jugendbildnis, das ihn als dreißigjährigen Mann darstellte, als er Fabia zur Gattin genommen hatte.

Das lag acht Jahre zurück. Oftmals dachte Romulus Futurus, der ein Philosoph war, darüber nach, ob es wohl Liebe gewesen, was ihn damals zu Fabia getrieben; um sich darüber Aufklärung zu verschaffen, kam er auf die phantastische Idee, durch die ›Lumen‹-Platte sein eigenes Bild aus damaliger Zeit zu fotografieren.

Zu diesem Zwecke also stellte er, um ein möglichst genaues Bildnis zu erhalten, den Apparat nachts in dem großen Ahnensaale auf, gerade seinem Bilde gegenüber, und entfernte am nächsten Morgen die Platte, um sie zu entwickeln.

Da wischte er sich mit der Hand über die Augen, fuhr sich von neuem über die Stirn, als wollte er die Gedanken verscheuchen; ja, er nahm einen Spiegel und hielt ihn über die Fotografie, um sich zu überzeugen, ob die Augen ihn nicht trogen.

Aber auch der zeigte dasselbe:

Sein Bild. Es sah nicht viel anders aus, wie das Portrait an der Wand; denn Romulus Futurus hatte damals wirklich einen vornehmen Charakter besessen und keine Hintergedanken gehabt. Doch sein Bild interessierte ihn jetzt nicht weiter. Was ihn zu gleicher Zeit erschreckte und in grenzenloses Erstaunen versetzte, war ein ganz anderer Umstand:

Vor dem Bildnis stand nämlich eine Gestalt.

Es wäre schwer gewesen, sie zu beschreiben, überhaupt genauer anzugeben, wer sie war, wie sie aussah, was sie trug.

Es war ein Weib, das stand fest. Vielleicht sah man es nicht. Aber Romulus Futurus fühlte es. Ihre Gestalt kam nicht über eine nebelhafte Unsicherheit hinaus, und es wäre ein Ding der Unmöglichkeit gewesen, mehr über die Züge dieser Erscheinung zu sagen. Und doch war sie da, hatte unzweifelhaft lange Zeit vor dem Bildnis Romulus Futurus' gestanden und mit einer gewissen Andacht zu ihm emporgeblickt.

Der Astronom wusste nicht, was er davon denken und halten sollte. Schließlich schrieb er das Ganze seiner überhitzten Phantasie zu, vielleicht auch einem Fehler der Platte selbst, die vorher nicht genügend gegen das Licht geschützt worden war. Um sich Sicherheit zu verschaffen, ließ er es in der zweiten Nacht auf einen neuen Versuch ankommen. Als er aber am Morgen die Platte entwickelte, da zeigte sich das gleiche Phänomen: eine weibliche Gestalt, etwas stärker ausgeprägt, als am Tage vorher, eine Frau von wundervoller Reinheit, mit einem Antlitz von außerordentlicher Schönheit, das Ganze so durchsichtig wie Kristall, unfassbar, unbeschreiblich.

Romulus Futurus wurde nun von einer quälenden Unruhe erfasst, die ihn nicht mehr verließ. Da er in seinen Freund John Crofton vollstes

Vertrauen setzte, umso mehr, als dieser ihm die Rettung seines Lebens verdankte, so rief er ihn zu sich, bat ihn hinauf in die Sternwarte und zeigte ihm das Bild. Dann weihte er ihn in die Vorgeschichte ein.

John Crofton blickte die Fotografie lange an.

»Siehst du dasselbe wie ich?« fragte Romulus Futurus.

»Ohne Zweifel, mein Freund! Ich sehe eine lichte Gestalt vor deinem Bilde!«

»Ist das nicht sonderbar? Ist das nicht, um verrückt zu werden? Eine Gestalt, die man mit bloßem Auge nicht erkennen kann?«

John Crofton lächelte.

»Die Erklärung, meine ich, ist sehr einfach, Romulus. Diese Gestalt ist kein gewöhnliches Lebewesen, das steht fest. Sonst würde es ihr nicht möglich sein, durch verschlossene Türen und Fenster in den Ahnensaal einzudringen. Ebenso sicher ist es aber, dass sie eine besondere Vorliebe für dich besitzt, sonst würde sie nicht die Nächte vor deinem Bilde zubringen.«

Romulus Futurus, durch diese Auskunft, die seine eigenen Empfindungen und Hoffnungen bestätigte, aufs höchste erregt, ging mit großen Schritten in dem Raume auf und nieder.

»Aber, was ist da zu tun?« rief er, verzweifelt die Hände ringend.

»Was ist da zu tun, John? Diese Erscheinung erschreckt mich im höchsten Grade, während sie zugleich in den Tiefen meiner Seele etwas aufwühlt, das mich in die größte Unruhe versetzt. Ich muss dieses Phänomen sehen! Willst du mir behilflich sein, John, dass ich einen Zeugen habe und meinen eigenen Augen nicht misstrauen muss?«

Der Freund nickte.

»Mit Vergnügen, Romulus!«

Die beiden verabredeten also, dass sie in der nächsten Nacht in dem großen Ahnensaale wachen wollten, während Romulus Futurus zu gleicher Zeit wieder seine lichtempfindliche Platte in dem Apparat dem Bilde gegenüber in Bereitschaft setzte.

Sie warteten die ganze Nacht hinter einem schweren Brokatvorhang. Sämtliche Eichentüren waren verschlossen worden. Alle Fenster waren zu; nur das rote Licht des Kometen verbreitete eine traumhafte Helligkeit in dem Saale. Romulus Futurus und sein Freund John Crofton warteten die ganze Nacht bis zum Morgen. Sie sahen nichts, hörten nichts und bemerkten nichts; und Romulus Futurus meinte seufzend:

»Sicherlich haben wir sie durch unsere Gegenwart vertrieben.« Dann besah er die photographische Platte, während seine Hände in fieberhafter Ungeduld zitterten.

Das Bild zeigte die gleiche Erscheinung wie am vergangenen Tage, nur noch ausgeprägter, so dass man selbst das lange, fließende Haar, das bis auf die Hüften wallte, die feinen Linien des Körpers, der in ein durchsichtiges Gewand gehüllt war, erkennen konnte.

Der Astronom rannte in dem astronomischen Saale auf und nieder.

»Ich muss sie kennen lernen!« rief er ein über das andere Mal. »Ich muss! Diese Erscheinung gewinnt, ich gestehe es, von Tag zu Tag einen größeren Einfluss auf mich, und ich möchte beinahe behaupten, ich sei von einer rasenden, leidenschaftlichen, entsetzlichen Liebe zu ihr erfüllt!«

John Crofton, der das heimliche Schaudern, das ihm dieses Phänomen verursachte, hinter Frivolitäten zu verbergen suchte, entgegnete:

»Nun, bei einem Manne, der gegen Fleisch und Blut so unempfindlich ist wie du, ist's nichts Wundersames, wenn er sich in Geister verliebt!«

Das Wort fesselte Romulus Futurus Aufmerksamkeit.

»Geister –«, wiederholte er. »Das ist sicherlich nicht das richtige Wort, John. Es handelt sich um keinen Geist, und ich glaube auch nicht, dass die Seelen Verstorbener sich uns auf diese Weise bemerkbar machen können.«

»Wie willst du es dann erklären?« entgegnete John Crofton verwundert. »Auf alle Fälle ist das eine Erscheinung, die ohne Materie, das heißt ohne Fleisch und Blut ist, sonst müssten wir sie doch mit unseren Augen erkennen. Nur die fabelhaft empfindliche Platte war imstande, das Unsichtbare sichtbar zu machen.«

Das war eine Erklärung, die Romulus Futurus weder befriedigen noch beruhigen konnte.

»Auf diese Weise kommen wir zu keinem Resultate!« rief er. »Ich will aber wissen, John, wer sie ist! Gib mir einen Rat. Du weißt nicht, welches große Opfer ich für dich gebracht, dass ich dir sogar das Leben gerettet habe. Du staunst? Nun, nimm es an! Jetzt ist der Augenblick gekommen, wo ich von dir einen Gegendienst verlange! Ja, ich bin verliebt! Das ist nicht das rechte Wort! Ich habe ein rasendes, wildes Verlangen nach jenem Wesen, das Nacht für Nacht sich vor meinem Bilde zeigt. Ich muss sie besitzen! Also gib mir ein Mittel! Ein Mittel, John Crofton!« Und der sonst so vernünftige, ruhige, kühle und gemessene Mann rannte in der Sternwarte auf und nieder, packte seinen Freund Crofton und schüttelte ihn, als wollte er ihn töten.

»Lass' mir einige Augenblicke Zeit!« murmelte John Crofton und ließ sich in einen Sessel nieder. Ihm war ein elender Gedanke gekommen. – –

Seitdem Frau Fabia seine Liebeswerbung so schnell abgewiesen, hatte er einen tiefen und unauslöschlichen Hass gegen die schöne Frau mit sich herum getragen. Von Natur aus ein schlechter, verdorbener Charakter, war seine Leidenschaft für das schöne Weib zu teuflischer Bosheit geworden, und Tag und Nacht dachte er darüber nach, wie er ihr Furchtbares antun könnte.

Aber er fürchtete Romulus Futurus zu gleicher Zeit! Er fürchtete diesen mächtigen, in seinen Leidenschaften unberechenbaren Mann und hatte bislang nicht gewagt, irgendetwas gegen sein Weib zu unternehmen.

Und jetzt gab sich Romulus Futurus in seine Hände! Jetzt verlangte er ein Mittel von ihm, das ihm kein Mensch verraten konnte! John Crofton vergaß vollständig, dass sowohl er wie Romulus Futurus vor einem phänomenalen Rätsel standen. Er dachte nur mehr an Frau Fabia, an seinen Hass, an die Möglichkeit, sich zu rächen, ohne sich selbst strafbar zu machen. Und er hob das bleiche Gesicht mit den dunkel umränderten Augen zu Romulus Futurus, der ihn erwartungsvoll ansah, und sagte:

»Ich wüsste wohl ein Mittel!«

Der Astronom war Feuer und Flamme.

»So sprich denn! Sprich! Mein Gehirn ist zu verwirrt, um selbst einen klaren Gedanken zu fassen. Was ist zu tun?«

John Crofton ließ sich drängen. Er wiegte den Kopf hin und her und tat, als getraue er sich nicht, zu sprechen. Bis Romulus Futurus ihn beschwor, bis er ihm zusicherte, dass er jede Verantwortung tragen würde.

Dann begann John Crofton:

»So viel steht fest: die Platte, die an und für sich eine wunderbare Erfindung bedeutet, hat dir und der ganzen Menschheit neue Wege gewiesen; ungeheuerliche Entdeckungen werden gemacht werden. Nun, diese Gestalt vor deinem Bilde existiert, das ist sicher. Und ohne Zweifel ist es die Seele, der Geist, das vom Körper losgelöste Wesen eines jungen Weibes, das dich leidenschaftlich liebt. Willst du sie gewinnen und besitzen, so musst du dieses Wesen in einen neuen Körper bannen. Ob das Experiment gelingen wird, weiß ich nicht. Aber es sollte glücken! Du verfügst über fabelhafte Kräfte! Dein Wille ist unermesslich! Versuche, sage ich!«

Futurus stand von seinem Sessel auf und rannte hin und her.

»Ja, das ist eine Idee! Das ist glänzend! Das ist großartig!«

Plötzlich brach er ab. Er begriff, dass der Vorschlag John Croftons scheinbar unüberwindliche Schwierigkeiten aufwies.

»Aber woher diesen Körper bekommen, John? Was meine Gewalt über dieses Wesen anbetrifft, verzweifle ich nicht. Es wird mir gelingen, die Unsichtbare zum Gehorsam zu bringen! Aber in welchen Körper soll ich sie bannen? Es muss der Leib eines Weibes sein, dessen äußerliche Schönheit mit diesem Wesen harmonieren würde! Ein Weib, das ich anbeten, vor dem ich mich auf die Knie werfen könnte –«

Er brach erschöpft ab. Und John Crofton sagte so ruhig, als handle es sich um, die einfachste Sache der Welt, während in seine Augen ein furchtbarer Schimmer trat:

»Deine Frau!«

Romulus Futurus blieb wie zur Statue erstarrt stehen, seine Augen weiteten sich, seine Lippen bebten.

»Meine Frau –«, wiederholte er tonlos.

»Natürlich!« fuhr John Crofton fort, indem er mit einem eisernen Willen sofort auf das eine Ziel losging, Frau Fabia zu vernichten; denn er glaubte in Wirklichkeit nicht daran, dass Romulus Futurus, den er für einen Narren hielt, in Wahrheit ein so ungeheuerliches Werk vollbringen konnte. »Natürlich deine Frau! Kein anderer Mensch auf Erden würde sich für dieses Experiment eignen! Du liebst sie nicht – du hast es mir ja selbst bereits gestanden, hast oftmals mir dein Leid geklagt! Du fliehst sie und sie grämt sich darüber! Töte sie und banne dieses Wesen in ihren Leib, so wirst du sie lieben können, wie nie ein Weib von einem Manne geliebt wurde!«

Romulus Futurus sprach lange Zeit kein Wort. Er ging auf und nieder, von Zeit zu Zeit vor dem Freunde stehen bleibend und ihn mit furchtbaren Blicken messend. Es dämmerte noch, und der purpurne Schimmer des Kometen flutete durch die Sternwarte.

»Und warum sollte ich es nicht tun?« schrie der Gelehrte plötzlich hinaus, sich selbst die schreckliche Frage beantwortend. »Sage selbst, warum nicht? Es ist kein Verbrechen! Fabia ist unglücklich, sagst du?

Ja, ja, sie ist es! Ich weiß es, ich habe es unzählige Male gefühlt! Ich liebe sie nicht! Aber ich liebe dieses Weib, das ich nicht kenne, das ich nur fühle, bis zum Wahnsinn! Und ich werde Fabia bis zur Raserei verehren, wenn dieses Wesen in ihrem Leibe wohnt!«

»Also!« entgegnete John Crofton und warf seine Zigarette weg, während seine Augen vor Mordlust glühten. –

Romulus Futurus streckte sich in einen Sessel. Er kreuzte die Beine übereinander, vergrub die Hände in die Taschen und zog den Kopf zwischen die Schultern, während ein feiger Zug sein männlich schönes Gesicht entstellte.

»Ich kann es aber nicht tun!« flüsterte er.

»Was, Romulus?«

»Ich kann sie nicht töten! Denn es ist klar, dass ich sie erwürgen muss, wenn ich die wesenlose Gestalt in ihren Körper bannen will!«

»Freilich!« entgegnete John Crofton brutal. »Du wirst sie töten müssen!«

»Nein, nein!« wehrte Romulus Futurus ängstlich ab. »Ich kann es nicht! Ich bringe es nicht über mich! Aber vielleicht – könntest du –«

John Crofton stand auf. Über sein Gesicht huschte ein phosphoreszierendes Leuchten. Seine Augen sanken förmlich in die Höhlen zurück, und seine Lippen bebten vor verhaltener Freude.

»Was meinst du, Romulus?«

Romulus Futurus packte ihn am Arm, zog ihn ganz nahe an sich heran und flüsterte ihm ins Ohr:

»Vielleicht könntest du – sie töten!«

John Crofton riss sich los und tat über die Maßen erstaunt.

»Ich, wo denkst du hin? Ich soll sie töten? Dein Weib? Damit du mir im nächsten Augenblick selbst die Pistole auf die Brust setzest und mich tötest?«

Romulus Futurus wandte jetzt alle seine Überredungskunst auf. Er machte John Crofton begreiflich, dass er ihm den größten Dienst seines Lebens erweisen könne. Er bat, flehte, weinte schließlich wie ein Kind. So groß war die eingebildete Macht des unbekannten Wesens über ihn.

Und doch war alles nur die Wirkung des roten Kometen. –

Endlich gab John Crofton nach und die beiden Freunde verabredeten, dass sie sich in der kommenden Nacht in der Sternwarte treffen wollten.

– –

4.

Es war Nacht.

Die roten Strahlen des Kometen wogten hin und her wie hunderttausend elektrische Lichtzungen. Berlin glich einer Märchenstadt. Himmelhoch ragten die riesigen Häuser empor, mitten hinein in das Meer von Purpur, das das Blut aufregte und die Sinne verwirrte.

Die Stadt war ziemlich leer von Menschen. Der Krieg war ausgebrochen, und die Armeen standen im Felde. In der Nähe von Wilhelmshaven tobte die erste Seeschlacht und bei Bitsch waren die deutschen und französischen Heeresmassen gegeneinander geprallt. Immerhin waren in Berlin noch genug Menschen zurückgeblieben, um jene heimliche, hin und her surrende und summende Aufregung zu verursachen, die sich allen Ohren aufdrängte. Es waren junge und ältere Leute, die da und dort auf öffentlichen Plätzen sich sammelten, die flüsterten, sich heimliche Zeichen gaben und wieder verschwanden. –

Man munkelte von einer Revolution. –

Nie war Romulus Futurus liebenswürdiger gegen seine Gattin gewesen, als am verflossenen Tage. Frau Fabia war glücklich wie nicht mehr seit den ersten Tagen ihrer Ehe.

»Willst du den roten Kometen sehen, Fabia?« fragte Romulus Futurus abends gegen elf Uhr. Und Frau Fabia antwortete lächelnd:

»Wenn du ihn mir zeigen willst, mein Freund, so werde ich glücklich sein!«

Und sie folgte ihm hinauf in die Sternwarte. Dort herrschte magisches Licht. Romulus Futurus streckte den Arm aus und wies empor zu dem rotschimmernden Ball, der am kaltgrauen Himmel mit schrecklicher Deutlichkeit stand, so groß, so nahe, so drohend, dass man die Empfindung hatte, als müsse er jeden Augenblick herabstürzen, alles unter sich begrabend.

Frau Fabia schauderte.

»Und doch, heute möchte ich sterben!« flüsterte sie. »Ich habe das größte Glück meines Lebens genossen, denn ich empfand, dass du mich immer noch liebst!«

Romulus Futurus wandte sich betreten ab, gepeinigt von seinem Gewissen. Da ging die Türe im rückwärtigen Raume auf und eine Gestalt trat ein.

John Crofton hatte nicht den Mut gefunden, Frau Fabia so gegenüberzutreten, wie er war. Er trug eine schwarze Maske vor dem Gesicht und einen purpurroten Mantel über den Schultern. Frau Fabia, deren Sinne wirr waren unter dem direkten Einfluss des roten Lichtes, das sie umgab, schmiegte sich ängstlich an ihren Gatten und flüsterte.

»Sage mir, Romulus, wer ist das?«

Romulus Futurus löste ihre Arme fast mit Gewalt von seinem Körper und stieß sie dem entgegen, der eingetreten war. Frau Fabia sah die weißen, gepflegten Hände Croftons, der sich bereit machte, auf sie zuzugehen. Und von unbestimmter Furcht ergriffen, flüchtete sie nach dem anderen Ende der Sternwarte und schrie:

»Rette mich, Romulus, ich fürchte mich.«

Der aber brachte noch mehr Zwischenraum zwischen sich und seine Gattin. Er schlich sich zurück bis zu der kleinen Tür, die der Eingetretene offen gelassen hatte, und huschte hinaus, ohne den Mut zu finden, auch nur einen Blick zurückzuwerfen.

John Crofton war allein mit Frau Fabia. Und nun konnte er ein Schauspiel genießen, auf das sich seine entarteten Nerven bis zu dieser Stunde vorbereitet hatten.

Frau Fabia floh vor ihm wie das geängstigte Tier vor dem Jäger. Sie maß ihn mit scheuen, verwirrten Blicken, während er ihr rund um die Sternwarte herum folgte, angesichts des Kometen, angesichts des Himmels, der dieses schändliche Verbrechen nicht hinderte. –

Schließlich, als sie kaum mehr die Kraft fand, sich auf ihren zitternden Füßen zu halten, riss John Crofton die Maske vom Gesicht, warf den Mantel ab und rief mit diabolischem Gelächter:

»Erkennst du mich, geliebte Fabia? Die Stunde der Abrechnung ist gekommen!«

Sie fuhr zurück. Sie klammerte sich an die Wand. Sie schrie mit wahnsinnig klingender Stimme nach Romulus, ihrem geliebten Gatten! Sie schrie um Hilfe; aber niemand half ihr.

Sie stürzte auf die Knie nieder und flehte diesen Schurken um ihr Leben an, aber er dürstete nach ihrem Blute.

Sie sprang noch einmal auf, floh rund um den Raum, streckte wie hilfesuchend ihre Arme nach dem Gestirne aus – in diesem Augenblick hatte John Crofton sie erreicht und die letzten Worte der Unglücklichen erstarben in der Anrufung des roten Kometen, von dem sie Hilfe, von dem sie Vergeltung forderte.

John Crofton hatte sich auf sie geworfen und seine Finger in ihren Hals gekrallt. Er ließ sie nicht mehr los, bis das letzte Leben aus ihr entflohen war.

Dann wandte er sich, halb von Schauder, halb von Freude überwältigt, ab, taumelte zur Tür und rief nach Romulus Futurus. Der kam. Er warf nur einen entsetzten Blick auf die Leiche. Dann hob er sie mit Hilfe John Croftons auf.

Und die beiden Verbrecher trugen den entseelten Körper nach der Galerie.

Von den Straßen herauf tönte jenes eigentümliche, surrende Geräusch, das das Zusammenströmen großer Volksmassen verkündet. Dann und wann hörte man den verlorenen Ton einer lauten schreienden Stimme. Dazwischen Johlen, Händeklatschen und Pfeifen.

In der Ferne ein Trommelwirbel.

Ganz Berlin befand sich in Aufruhr; aber die beiden Männer, die zwischen sich den entseelten Körper der Frau Fabia trugen, achteten auf nichts. Romulus Futurus befahl seinem Freund, den Leib Fabias gerade unter sein Bild zu legen.

Er hatte sich eine kunstreiche Konstruktion erdacht, um die geheimnisvolle Gestalt in dem Augenblicke sehen zu können, da sie sich auf der ›Lumen‹-Platte abbildete. Während er nämlich unter seinem Bild einen starken Reflektor anbrachte, wartete er, indes er einerseits zu dem Spiegel, andererseits zu dem photographischen Apparat in einem rechten Winkel stand. Gleichzeitig legte er sich zwei äußerst lichtempfindliche Gläser, die alles in riesiger Vergrößerung spiegelten, über die Augen.

So verharrte er regungslos, während das Toben auf den Straßen allmählich verstummte; denn man hörte weit in der Ferne den Schritt der herannahenden Bataillone.

Während der Gelehrte also halb ängstlich, halb voll wahnwitzigen Hoffens seine Augen fieberhaft auf den Reflektor heftete, der die Gestalt in dem Augenblick spiegeln sollte, da sie auf der lichtempfindlichen Platte erschien – Romulus Futurus konnte also ganz einfach die Platte in dem Spiegel erblicken; denn das Wesen selbst war ja für das Auge nicht sichtbar – während er beide Hände gegen das wildpochende Herz presste, um es gewaltsam zur Ruhe zu zwingen, hatte sich John Crofton mit einem hämischen Lächeln in einen Sessel geworfen.

»Zu dumm«, dachte er. »Dieser Narr glaubt, er könne das Unmöglichste vollbringen! Sind die Menschen nicht wirkliche Hampelmänner, die sich an den Schnüren unseres Willens bewegen und drehen, wie wir es wollen, wenn wir nur erst die Kraft dazu haben?

Romulus hat mir das Henkergeschäft über sein Weib übertragen; er wird nie das Recht und die Fähigkeit besitzen, mich zu bestrafen.«

Inzwischen aber wurden die Gedanken John Croftons abgelenkt. Er sah in der grellroten Helle, die durch das Fenster drang, wie Romulus Futurus plötzlich in ungeheure Aufregung geriet. Er sah es an dem Spiele der Gesichtsmuskeln. Draußen stand, riesengroß, eine gewaltige Kugel, der Komet.

Romulus Futurus hatte die Gestalt erblickt. In dem Augenblick, da sie unter sein Bild getreten war, hatte die lichtempfindliche Platte sie festgehalten, und diese spiegelte sich nun in dem Reflektor, der das Bild in die Augen des Astronomen zurückwarf.

Futurus richtete sich hoch auf. Ohne ein Wort zu sprechen, zog er seinen ganzen Willen, all seine Energie und innere Macht in seine Augen und blickte das schemenhafte Wesen an.

Da wandte dieses sich um und drehte ihm das durchsichtige Gesicht zu, dieses wunderschöne Antlitz, das er nur fühlte, aber nicht sehen konnte.

Und sagte, während seine Stimme dumpf klang, als käme sie aus weiter Ferne:

»Wer du auch sein mögest, ich befehle dir, mir zu gehorchen!« Er bemerkte deutlich, dass etwas wie Schrecken die Gestalt erfasste. Sie sah ihn starr an, offenbar unfähig, den Blick von ihm zu wenden, ohne dass Romulus Futurus eigentlich ihre Augen sehen konnte, und er fuhr fort, triumphierend über den schnellen Sieg, den er errungen hatte.

»Ich befehle dir, in diesem Leib Wohnung zu nehmen!«

Mit diesen Worten deutete Romulus Futurus halb auf den Leichnam seiner Gattin Fabia, halb hob er beschwörend die Hände und beschrieb die magischen Zeichen über der seltsamen Gestalt.

Sie gehorchte nicht sofort. Es war wie ein stummer Widerstand, den sie dem gigantischen Willen des Gelehrten gegenübersetzte. Aber der ließ nicht nach.

In dem Augenblick, da er das schemenhafte Wesen wieder erblickt, war auch seine namenlose Leidenschaft gewachsen, und mit einem Willen, der stärker war als alles Menschliche, wiederholte er noch einmal den Befehl, während die Gestalt, von unwiderstehlicher Macht angezogen, sich immer mehr dem Körper der Frau Fabia näherte. Und schließlich gab sie den Widerstand auf. Aber es war Romulus Futurus, als ob das geisterhafte Wesen eine unendliche Traurigkeit zeigte – im nächsten Augenblick war es zerflossen wie nichts, und der Astronom sah nur mehr einen schwachen Nebel, der in der purpurroten Nacht verschwand.

Gleichzeitig sank er selbst erschöpft, mit hämmernden Pulsen in einen Sessel zurück.

In großen Tropfen stand der Schweiß auf seiner Stirn.

John Crofton aber, der alles gehört, doch nichts gesehen hatte, war halb von seinem Sitze aufgestanden, streckte den Kopf vor und lauschte mit zitterndem Atem.

Plötzlich regte sich Frau Fabias Körper.

John Crofton riss die Augen weit auf. Er wollte, er konnte es nicht glauben! Namenloses Entsetzen erfasste ihn. Hatte er sie denn nicht mit eigenen Händen erwürgt? War es möglich, dass noch Leben in ihr war? Stehen denn die Toten auf, um sich an den Lebenden zu rächen?

Indem er die Beine an sich zog und sich zitternd in dem Sessel barg, starrte er zu Frau Fabia hinüber.

Sie erhob sich langsam von der Erde, mit jener müden Bewegung, die die zeigen, welche eine lange Reise gemacht haben, glättete das seidene Kleid und sagte, unfähig, im ersten Augenblicke die zwei Männer zu erkennen, die tief im Schatten saßen:

»Wo bin ich?«

Plötzlich aber schien ihr eine unbestimmte Erinnerung zu kommen, eine Erinnerung, die wenig mit der Wahrheit zu tun hatte und die sich nur dem Augenblicke anpasste.

»Ganz recht!« murmelte sie lächelnd, indem sie die schweren, dunklen Haarsträhnen aus der Stirne strich. »Ganz recht! Ich bin in den Ahnensaal getreten und habe vermutlich dein Bild betrachtet, Romulus; dabei hat mich der Schlaf übermannt. Wie lächerlich das ist!«

Und sie ging auf Romulus Futurus zu, der sie im ersten Augenblick wie etwas Furchtbares anstarrte. Dann aber sprang er auf, eilte ihr entgegen, schloss sie in seine Arme und presste sie an sich.

»Nicht war, du liebst mich? Du liebst mich rasend, wie immer? Du wirst nie von mir gehen? Wir werden ewig in die Sonne unserer Liebe wandeln?«

Sie schlang die weißen Arme um seinen Hals und flüsterte:

»Habe ich dich nicht immer geliebt? Wohl ist es mir, als ob wir uns heute zum ersten Mal sähen. Aber dein Bild war immer bei mir!«

Romulus Futurus bedeckte dieses Antlitz mit Küssen, das ihm vor kurzem so gleichgültig, beinahe hassenswert erschienen war. Er küsste Frau Fabia so lange, bis er endlich wahrnahm, dass er vergeblich die Züge jenes seltsamen Wesens in dem Antlitz seiner Gattin suchte.

Da erfasste ihn etwas wie eine lähmende, dunkle Traurigkeit.

John Crofton aber war ruckweise, Schritt für Schritt näher getreten und starrte Frau Fabia an.

An ihrem Halse zeichneten sich drei Finger ab, links ein Daumen, rechts der Zeige- und der Mittelfinger. –

Jetzt wandte Frau Fabia den Kopf und erblickte John Crofton … Diesem war es, als ob der Blitz ihn treffen müsste. Er riss einen Teppich von der Erde auf und hielt ihn vor das Gesicht, dieses mit dem halbausgestreckten Arme deckend. So stand er da, das personifizierte böse Gewissen, und zitterte.

Frau Fabia sah verwundert diese Bewegung und fragte ihren Gatten: »Wer ist dieser Mann?«

Romulus Futurus lächelte düster.

»Das ist mein Freund, John Crofton. Solltest du ihn nicht kennen?«

»John Crofton?« wiederholte sie, während ihr Antlitz einen gequälten Ausdruck annahm. Offenbar suchte sie in der Erinnerung nach dem Namen dieses Mannes, und sicherlich war etwas Schattenartiges da, das sie nicht fassen konnte. Sie schüttelte den Kopf und sagte:

»Ich kenne ihn nicht!«

John Crofton holte tief Atem. Er ließ die Decke sinken und starrte der schönen Frau ins Gesicht. War es möglich, dass sie noch reizender geworden? Hatten Frau Fabias Augen erst den Glanz matt schimmernder Perlen gehabt, so leuchteten sie jetzt wie Sterne in einem tiefen, unbeschreiblichen Glanze. Auch ihre Bewegungen waren noch mehr dazu angetan, das Verlangen John Croftons zu wecken, der in diesem Augenblick von neuem von jener rasenden, teuflischen Leidenschaft erfasst wurde, die ihn schließlich zum Mörder hatte werden lassen.

Aber er verbarg seine Empfindungen ängstlich ebenso vor Frau Fabia als vor dem Freunde. Er beugte sich nieder, führte die Hand der schönen Frau galant an seine Lippen und drückte dann schweigend Romulus Futurus die Rechte.

»Es ist geglückt, mein Freund! Ich gratuliere dir!«

Romulus Futurus hob die beiden Arme wie beschwörend zur Decke empor und flüsterte:

»Ich bin von heute ab der glücklichste aller Menschen, John Crofton! Hast du nicht bemerkt, dass selbst ihre Stimme sich verändert hat? Sie spricht ganz anders und ich erkenne in jeder Bewegung, in allem instinktiv jenes Wesen wieder, das ich vor meinem Bilde zum ersten Mal gesehen habe.«

Darüber, wer jenes Wesen sein könnte, dachte weder Romulus noch Crofton nach. Die Wünsche der beiden Männer trafen sich zunächst nur in dem rasenden Verlangen, Frau Fabia zu besitzen. Wie ein Trunkener ging John Crofton nach Hause, auf neue Mittel sinnend, dieses Weib zu gewinnen, das er in der vergangenen Nacht mit eigenen Händen getötet hatte. –

5.

Der Taumel, in dem Berlin seit Monaten dahingelebt, hatte seinen Höhepunkt erreicht. Der Komet stand jetzt so nahe der Erde, dass man längst keines Fernrohres mehr bedurfte, ihn zu sehen. Man erblickte ihn allerdings nur des Nachts; allein nun gesellte sich zu dem intensiven roten Licht eine Hitze, die von Tag zu Tag größer wurde. Während das fabelhafte Licht die Nerven der Menschen immer mehr erregt hatte, dass überhaupt keine Norm mehr gegeben war für den Charakter, und alle sich in einem Zustand der Raserei befanden, brachte die intensive Wärme, welche von dem neuen Kometen ausstrahlte, das Blut zum Sieden und erweckte in allen Lebewesen neue Begierden, Leidenschaften und Laster.

Und doch behauptete Romulus Futurus, dass der rote Komet noch durch einen unendlichen Raum von der Erde getrennt sei.

»Es ist eine neue Sonne!« sagte er, »ein gewaltiger Körper, der lange Zeit hindurch, vielleicht ungezählte Jahrmillionen und abermals Jahrmillionen am Ende des Weltalls gestanden hat!«

Bald aber zeigten sich neue Rätsel. Romulus Futurus musste zugeben, dass der rote Komet der Erde nahe genug stand, dass seine Wärme den Zwischenraum bis zur Erde längst durchmessen haben musste. In diesem Falle aber wäre bereits jetzt die ganze Erde in Flammen aufgegangen. Vorläufig jedoch hatte das Nahen des Kometen keine andere Folge, als dass mitten im Winter die Schneemassen schmolzen, so dass die Provinzen unter ungeheuren Überschwemmungen litten. In den süddeutschen Staaten z. B. wurden ganze Städte unter Wasser gesetzt. Durch Austreten des Walchensees wurde die Stadt München an einem einzigen Tage vernichtet und die riesige bayrische Hochebene verwandelte sich in einen See, in ein neues Meer.

Das waren nun Angelegenheiten, die die Berliner nicht allzu sehr aufregten. Dagegen sahen sie nicht ohne große Besorgnis nach der Nord- und Ostsee; denn Ausmessungen hatten ergeben, dass auch diese bedeutend gestiegen waren.

Man kannte keinen Unterschied zwischen Tag und Nacht als den, dass die Farbe des Lichtes wechselte. Am Tage regierte noch immer noch der weißglühende Körper der Sonne. Sie sandte ihr Licht über die Stadt, ein Licht, das die Augen kaum mehr vertrugen, so dass ihr Schein eine Reihe von Erblindungen hervorrief. So sehr hatten sich die Blicke an das Glühen des roten Kometen gewöhnt. Das Auge war nämlich ganz außerordentlich empfindsam gerade für das Purpurlicht, und es gab Menschen, die viele Stunden oft mit brennenden Blicken hinaufsahen zu dem roten Kometen, indem sie sein Leuchten förmlich in sich einsogen, um schließlich davonzustürzen wie wilde Tiere, irgendeine Schandtat zu begehen. Selbstverständlich traf die Regierung in Berlin die umfassendsten Maßnahmen, um dem Überhandnehmen der Verbrechen zu begegnen. Da die vorhandenen Polizeibehörden nicht mehr ausreichten, so zog man neue Beamte in den Dienst.

Die erste Macht wurde nun dem Kultusminister Romulus Futurus übertragen, weil die Regierung sehr richtig von der Überzeugung ausging, dass das Ressort dieses Ministers sehr enge mit den öffentlichen Sitten, dem öffentlichen Wohle und der öffentlichen Sicherheit verwandt war.

Langsam kehrten die deutschen Heere aus dem Kriege zurück. Zwar war die deutsche Flotte im Kattegat von der Übermacht der englischen Riesenschiffe dezimiert worden. Die deutsche Landarmee aber war in einem unaufhaltsamen Ansturm in Frankreich eingedrungen, hatte die festen Plätze mit ihren furchtbaren Geschützen fast ohne Widerstand genommen und eine Schlacht geliefert, die sowohl in ihren Einzelheiten wie in ihrem Ausgang einzig in der Geschichte dastand.

In Pean war durch den deutschen Oberbefehlshaber der Friede diktiert worden. Inzwischen hatte General Treufest durch eine ausgezeichnete Verteidigungstaktik den Angriff englischer Kriegsschiffe in Kiel und Wilhelmshaven mit großem Erfolge zurückgewiesen, so dass die englische Flotte einen Viertteil ihrer Schiffe durch gewaltige Sprengminen verlor. –

Allein – obgleich in dieser Weise die deutschen Angelegenheiten aufs Beste standen – mehrten sich doch die Stimmen derer, die eine furchtbare Katastrophe vorhersagten, und wirklich lag etwas wie ängstliche Beklemmung, wie ein düsterer Bann über Berlin.

Die Siege Deutschlands hatten nämlich die Revolution, die schon verschiedene Male ihr Haupt erhoben, nicht zur Ruhe bringen können. Wohl hatten bereits dreimal durch die Straßen der Welthauptstadt die Kanonen gedonnert, und die Fackel des Bürgerkrieges war entzündet worden.

Was aber jetzt kam, übertraf alle Befürchtungen.

Die Prophezeiungen, die man an den roten Kometen geknüpft hatte, erfüllten sich.

Die Nachrichten, die aus Paris einliefen, waren grauenvoll; die französische Hauptstadt schwamm im Blute ihrer Bürger, denn auf die Niederlagen hin, die die französische Armee erlitten, war dort wieder das Standrecht der Kommune erklärt worden. In England war ein Unabhängigkeitskrieg zwischen Irland und Großbritannien ausgebrochen, in Amerika wütete schon seit Wochen ein wahnwitziger Kampf zwischen der weißen und schwarzen Rasse, der mit unerhörter Brutalität geführt wurde, und von Osten her wälzte sich die gelbe Gefahr heran.

Der Stein kam in Berlin folgendermaßen ins Rollen:

Große Feste waren angesagt worden, um den Sieg der deutschen Truppen würdig zu feiern. Diese standen noch außerhalb der deutschen Grenze, denn der Mangel an Lebensmitteln machte sich sehr bedenklich bemerkbar, so dass man es den Besiegten überließ, teilweise die Verpflegung der deutschen Truppen zu tragen.

Inzwischen erlitt die französische Volksverteidigung ihre letzten Niederlagen und der Friede sollte festgesetzt werden.

Die französischen Diplomaten wussten eigentlich nicht recht, woran sie waren, denn sie kannten weder die Stellung Amerikas, noch die speziellen Absichten Deutschlands und Englands.

Ein Mensch kannte sie, und in seiner Hand liefen die geheimnisvollen Fäden der in Aussicht genommenen europäischen Alliancen zusammen: Dieser Mann war der Bevollmächtigte des mächtigsten Staates der Erde, Amerika: John Crofton.

Er kam in das phantastisch eingerichtete gemeinsame Wohnzimmer seines Freundes Romulus Futurus und seiner Gattin.

»Hast du etwas vor für heute Abend, Romulus?« fragte er, seine dunkel umränderten Augen zu Frau Fabia erhebend, die ihn keines Blickes würdigte. Sie ging ganz auf in der Liebe zu ihrem Gatten, und dieser erwiderte ihre Zuneigung mit noch größerer Leidenschaft, ein Umstand, der bereits seit Wochen Berlin mit witzigen Gesprächen versorgte, denn man hatte vorher nur zu genau gewusst, wie es um die Ehe des Kultusministers stand.

»Ich habe nichts vor«, entgegnete Romulus Futurus. »Wenn meine Gattin einverstanden ist, so wollen wir eine kleine Spazierfahrt im Flugschiff unternehmen, und zwar dem roten Kometen entgegen, den ich mir gern einmal näher ansehen würde.«

Frau Fabia klatschte in die Hände.

»Das ist eine Idee, Romulus«, sagte sie und trat ans Fenster. Dort hob sie sehnsüchtig die weißen Arme dem Riesenstern entgegen, der purpurleuchtend am Himmel stand.

»Ich fühle Sehnsucht, unstillbare Sehnsucht«, murmelte sie, »und weiß doch nicht wonach, warum! Mir ist als müsste ich wandern, nach irgend einem Orte, der meine Bestimmung einschließt!«

John Crofton fand eine Spazierfahrt gegen den roten Kometen nicht nach seinem Geschmack.

»Man gibt heute Abend den Tannhäuser«, meinte er. »Happy Head-Divina singt die Elisabeth. Ihrer persönlichen Liebenswürdigkeit habe ich drei Plätze zu verdanken, denn die Oper ist ausverkauft, wie immer. Ich hatte sicher darauf gerechnet, dass ihr mitkommen würdet!«

Frau Fabia war eine große Musikfreundin. Sie änderte daher sofort ihren Plan und gab ihre Zustimmung, die Oper zu besuchen. Eine halbe Stunde später fuhren die beiden Herren mit der Dame in die große Oper. –

Die Vorstellung begann pünktlich. Frau Fabia vergaß alles um sich her, während sie der Musik Richard Wagners lauschte, der im dritten Jahrtausend wieder Mode geworden war, nachdem man diese Liebhaberei Jahrhunderte begraben gehabt.

Romulus Futurus aber konnte den Blick nicht von seiner Gattin wenden. Etwas Gequältes lag in seinen Mienen, denn zu seinem eigenen Entsetzen musste er bemerken, dass die rasende Liebe, die er für sie empfunden, immer mehr nachließ, in dem Bewusstsein, dass er wiederum nicht das gefunden hatte, was er suchte. Inzwischen verließ John Crofton die Loge und begab sich hinter die Kulissen.

Happy Head-Divina hatte gerade nichts zu tun. Sie war bezaubernd schön in dem weißen Gewande der Elisabeth, das ihrem Antlitz einen göttlichen Schimmer verlieh und ihre Gestalt wie in flüssiges Silber tauchte.

»Sie haben mich rufen lassen, Happy«, begann John Crofton und trat in ihren Ankleideraum, der aus zwei luxuriös eingerichteten Zimmern bestand. Auf einen Wink von ihr entfernten sich schweigend die Kammerzofe und der kleine schwarze Groom.

»Ich wollte gern wieder einmal ein paar Augenblicke mit dir verplaudern«, entgegnete die Sängerin. »Du machst dich so selten bei mir, und man spricht in unseren Kreisen davon, deine Liebe für Frau Fabia habe immer noch nicht nachgelassen!«

Sie lachte dabei spöttisch und bog den schönen Hals zurück. John Crofton entgegnete ärgerlich:

»Mag sein! Was gehen andere Leute meine Interessen an?«

»Mein Gott, man spricht darüber! Du bist doch immerhin eine interessante Figur, nachdem ganz Berlin weiß, dass Frau Fabia dich nie erhören wird!«

Er kniff die Lippen zusammen und zwischen seine Brauen grub sich eine Falte.

»Das kommt darauf an!« murmelte er.

Die Sängerin trat auf ihn zu, schlang ihre Arme, die nach feinem Puder dufteten, um seinen Hals und flüsterte:

»Und für mich, John, hast du gar nichts mehr übrig? Liebst du mich wirklich nicht mehr? Hast du mich ganz vergessen?«

John Crofton log nicht, als er sie auf seine Knie niederzog und mit verschleierter Stimme entgegnete:

»Nein, nein! Gewiss nicht! Ich liebe dich immer noch so wie früher! Aber die Leidenschaft für Frau Fabia hat mich, ich will es nicht leugnen, ganz verwirrt. Ich liebe dich anders als jene, und es wird die Stunde kommen, wo ich wieder ganz und gar zu dir zurückkehre!«

Miss Happy Head-Divina bedeckte sein Antlitz mit glühenden Küssen, dann drückte sie auf die elektrische Klingel und befahl, Sekt zu bringen. –

Während der Inspizient verzweifelt auf dem Gange hin und her lief, voll Befürchtung, die Sängerin möchte im nächsten Auftritt versagen, wenn sie sich während der Vorstellung einem Gelage hingab, soupierte Happy Head-Divina mit ihrem Freunde.

Sie selbst nippte nur von dem Sekt, während sie John Crofton immer von neuem einschenkte. Und der trank. In ihm war ein glühendes Feuer, das er löschen musste. Und so goss er ein Glas nach dem andern hinunter und bemerkte nicht, wie seine schöne Freundin plötzlich aus einem kleinen Fläschchen einige Tropfen in sein Glas gleiten ließ. –

»Wie steht es denn eigentlich mit dem Friedensschluss?« fragte sie plötzlich scheinbar gleichgültig, eine Zigarette anzündend; der Rauch ringelte sich zur Decke empor.

John Crofton, seiner Stimme kaum mehr mächtig, entgegnete:

»Der Friede steht bevor, kleine Katze! Die Franzosen werden allerdings übel abschneiden. Ja, wenn sie wüssten, dass Deutschland von Amerika vollständig im Stich gelassen wird! Wenn sie wüssten, dass Deutschland finanziell und ökonomisch durch diesen Krieg vollständig ruiniert ist, so würden sie allerdings kaum die Bedingungen eingehen, die man ihnen gemacht hat!«

»Die Sache steht also für Frankreich weit besser, als man annimmt?« entgegnete Happy Head-Divina hastig, indem sie ihrem Freunde von neuem das Sektglas füllte. Der Inhalt sah diesmal etwas trüber aus als sonst. –

»So ist es! Auch Englands Chancen sind weit größer, als die Briten annehmen!«

»Und du kennst bereits alle näheren Pläne?«

Er lachte.

»Ich habe die Entwürfe in meiner Tasche, göttliche Happy! Sprach ich doch erst heute in langer Audienz mit dem deutschen Minister des Auswärtigen! Ja, wenn man es so nimmt – das Schicksal Frankreichs liegt jetzt eigentlich ebenso in meiner Hand wie das der Briten!«

Er sah nicht, dass die Augen der Sängerin sich geweitet hatten. Sah nicht, dass sie ihn mit den Blicken förmlich verschlang! Er setzte das Sektglas an die Lippen und trank es aus auf einen einzigen Zug. –

Miss Happy begann ein anderes Thema. Sie sprach von dem und jenem, bis John Crofton sich endlich erheben wollte. Aber es ging nicht. Seine Glieder waren wie Blei, sein Atem ging schwer, und so krampfhaft er auch die Augen zu öffnen versuchte, ebenso unwiderstehlich fielen sie ihm zu.

»Also du trägst die Entwürfe bei dir!« meinte Miss Happy plötzlich, indem sie wieder auf das alte Thema zurückkam. Mit einem Blick, in dem sich nicht die geringste Teilnahme spiegelte, der so kalt war wie Eis, beobachtete sie die vergeblichen Anstrengungen ihres Freundes, der Betäubung zu entgehen.

Die Worte der Sängerin drangen wie aus weiter Ferne an sein Ohr. Ohne bei klarer Besinnung zu sein, entgegnete er dumpf:

»Ja, ja, so ist es! Aber ich möchte mich jetzt – ich möchte mich – entfern –«

Er konnte das Wort nicht aussprechen. Die Hände, die sich gegen einen Stuhl gestützt hatten, fielen schlaff herab, und John sank in das große Eisbärenfell.

In diesem Augenblick tönte hastiges Klopfen an der Tür. Der Inspizient steckte den Kopf herein und rief:

»Schnell, es ist die höchste Zeit, Miss Head-Divina! Ihr Stichwort fällt in einer Minute!«

Sie nickte lächelnd und drückte auf eine zweite Klingel. Augenblicklich stürzte der Groom herbei.

»Laufe in die Kanzlei, mein Junge, und benachrichtige Dr. Diabel, der sich zufällig dort aufhält. Sage ihm, er möchte auf der Stelle kommen. Sir Crofton wurde von einem Unwohlsein befallen und liegt in meiner Garderobe.«

Dann ging sie hinaus, betrat im nächsten Augenblick die Bühne und sang ihre Partie mit so bezaubernden Wohlklang, mit solcher Kraft und Frische, dass mitten in die Szene hinein ein Beifallssturm des Publikums brauste. - -

Der Groom hatte inzwischen den Befehl der Herrin ausgerichtet. Er traf Dr. Diabel tatsächlich in der Kanzlei, wo er mit dem Direktor des Theaters gerade eine Unterredung hatte, und führte ihn, der bei der Nachricht nicht sonderlich erstaunt gewesen war, in die Garderobe seiner Herrin.

Dr. Diabel trat ein.

»Du kannst gehen«, wandte er sich an den Groom. »Lass' mich allein!«

Der Schwarze kreuzte die Arme über der Brust, verneigte sich und verließ die Garderobe.

Dr. Diabel war allein mit dem bewusstlosen John Crofton, dessen Antlitz gelb war wie die Schale einer Zitrone. Das Gesicht des Arztes erschien in diesem Augenblick noch unsympathischer, als es sonst schon wirkte. Die bleichen Züge waren förmlich durchsichtig geworden; die großen, dunklen Augen lagen tief in den Höhlen, und schwarze Schatten ringelten sich um seine Schläfen, während das Gesicht ganz zurücktrat in den spitz zulaufenden Rahmen des Bartes.

Dr. Diabel drehte zunächst das elektrische Licht aus, dass durch den Reflektor, der an der Decke angebracht war, nur mehr das Purpurlicht des roten Kometen Zutritt in das Zimmer hatte. Dann schritt er auf den Tisch zu und goss das Glas John Croftons aus, in dem sich der Rest des Betäubungsmittels befand, das die Schauspielerin ihm gereicht hatte. Darauf riss er den Bewusstlosen brutal in die Höhe, warf ihn über einen Sessel, dass auf der einen Seite die Füße, auf der anderen der Kopf und die Schultern hinabhingen, und durchsuchte in fiebernder Eile seine Taschen.

Endlich schien er das Richtige gefunden zu haben. Im Scheine des roten Lichts entfaltete er ein Dokument, das eine Reihe von Korrekturen aufwies und teils in Hand-, teils in Maschinenschrift ausgefertigt war. Er ließ das Dokument in der Brusttasche verschwinden und goss dann auf einen kleinen Löffel einige Tropfen aus einem Fläschchen, das er in der Westentasche getragen hatte. Diese Flüssigkeit ließ er zwischen die Zähne des Bewusstlosen gleiten. Es dauerte keine drei Minuten, da schlug John Crofton die Augen auf und sah sich mit einem müden Blicke um.

Sein Auge fiel auf Dr. Diabel.

»Wo bin ich? Was ist geschehen?« fragte er hastig, indem er sich aufrichtete. Dr. Diabel musste ihn aber halten, sonst wäre er zu Boden gestürzt.

»Sie leiden an Schwindelanfällen, mein Freund«, meinte der Arzt. »Ich wurde eben gerufen, denn Sie sind in der Garderobe unserer göttlichen Happy bewusstlos zusammengestürzt!«

Bei diesen Worten kehrte John Crofton die Erinnerung zurück. Er begriff, was geschehen war, glättete seinen Frack und reichte Dr. Diabel die Hand.

»Ich danke Ihnen!« flüsterte er. »Ich werde mich bei Miss Head-Divina noch persönlich entschuldigen.« Und er eilte hinaus in die Loge seines Freundes Romulus Futurus, dem er in wenigen Worten sein Abenteuer erzählte, um sich wegen seines langen Ausbleibens zu entschuldigen.

Gleichzeitig fiel der große Vorhang auf der Bühne, denn die Oper war zu Ende.

Romulus Futurus hatte kein Wort auf die Erzählung seines Freundes erwidert. Als sie in seiner Wohnung angelangt waren und Frau Fabia sich zurückgezogen, sagte der Kultusminister:

»Sieh einmal nach, John, ob du den Entwurf der Alliance-Pläne noch in deiner Tasche hast!«

John Crofton erbleichte. Ja, er zitterte wie Espenlaub im Winde, so furchtbar hatte ihn die Möglichkeit getroffen, die Romulus Futurus andeutete. Hing doch nicht nur seine Stellung und seine Zukunft, sondern sogar seine Freiheit von diesem Schriftstück ab. Die amerikanischen Zeitungen pflegten kurzen Prozess mit ihren auswärtigen Vertretern zu machen, wenn diese sich ein Vergehen zuschulden kommen ließen. Sie wurden ganz einfach entlassen und nie wieder eingestellt; da sämtliche Zeitungen Amerikas einen großen Ring bildeten und eigentlich nur mehr ein Trust waren, so konnte der betreffende Journalist nie wieder hoffen, in irgend einem amerikanischen Blatte Unterschlupf zu finden.

Die Regierung aber pflegte Leute, die ihre Interessen im Auslande nicht genügend gewahrt hatten, obendrein noch auf einige Jahre ins Gefängnis zu schicken. Wenn nun John Crofton gar das wichtigste Dokument, das einem Vertreter seit Jahrzehnten anvertraut gewesen war, preisgegeben hatte, so wäre sein Schicksal wahrlich ein wenig beneidenswertes gewesen.

Darum war er so furchtbar erschrocken und kramte nun fieberhaft in allen Taschen. Sein Gesicht überzog eine wächserne Farbe.

Romulus Futurus hatte die Brauen in die Höhe gezogen und sah ihm schweigend zu.

»Du bist sicher, John, dass du den Entwurf bei dir gehabt hast, nicht wahr?«

»Aber ja! Ganz gewiss! Ich habe mit dir doch noch in der Loge davon gesprochen!«

»So hat man ihn dir gestohlen, wie ich sofort vermutet habe! Ich kenne deine Natur, John! Dein plötzliches Unwohlsein ist verdächtig!«

Nun fielen auch John Crofton alle Einzelheiten mit klarer Deutlichkeit wieder ein und der Verdacht, dass er das Opfer eines schändlichen Komplotts geworden sei, stieg in ihm auf. Er erinnerte sich, dass Dr. Diabel der letzte war, der ihn untersucht hatte. Rasend vor Wut, ergriff er Hut und Mantel und beschloss, sofort zu ihm zu eilen und ihn zur Rechenschaft zu ziehen.

Aber Romulus Futurus hielt ihn zurück.

»Das ist eine öffentliche Angelegenheit, mein Freund!« sagte er ruhig. »Ich werde Dr. Diabel verhaften lassen!«

Damit begab sich der Kultusminister ans Telefon und setzte sich mit der Polizeizentrale in Verbindung. Dort erfuhr er, dass Dr. Diabel gerade am Krankenbett der Fürstin Angelika weile, die bereits seit Wochen an einer schweren Krankheit daniederlag. Romulus Futurus gab den Auftrag, den Leibarzt der Fürstin und des Regenten in Haft zu nehmen.

Sein Einfluss war so groß, dass die Polizeibehörde nicht den geringsten Widerspruch wagte, und eine halbe Stunde später befand sich Dr. Diabel in dem großen Untersuchungsgefängnis am Spittelmarkt.

Der Untersuchungsrichter ließ den berühmten Arzt, der eine große Rolle in der Gesellschaft spielte, nach Mitternacht noch vorführen und unterzog ihn einem langen, eingehenden und scharfen Verhör. Jedes einzelne Wort, das der Untersuchungsrichter sprach, jede Antwort, die der Gefangene gab, wurde von einem Phonographen selbsttätig aufgenommen und durch einen eigenen Stift auf ein Blatt Papier übertragen. So war jedes Protokoll überflüssig, und der Gefangene konnte sich nie mehr beklagen, dass seine Antworten von dem Untersuchungsrichter falsch aufgefasst worden seien und sich mit dem Protokoll nicht deckten.

Bereits um vier Uhr morgens überbrachte ein Bote das Protokoll. John Crofton rang verzweifelt die Hände, als er es gelesen.

»Ich bin verloren! Verloren, Romulus!« rief er. »Dr. Diabel leugnet hartnäckig und weder die körperliche, noch die Hausdurchsuchung hat irgendetwas ergeben, was zu seinen Ungunsten gesprochen hätte!«

Inzwischen hatte Romulus Futurus auch bei der Schauspielerin eine Haussuchung vornehmen lassen, aber auch dort war der Vertrag nicht gefunden worden. Die Situation war ernst, denn wenn es inzwischen gelang, den Inhalt des Vertrages auf elektrischem Wege nach Paris und London zu übermitteln, so befand sich Deutschland in einer sehr schwierigen Situation und John Crofton konnte darauf rechnen, als Verräter nach Amerika zurückgeschickt zu werden. Vor diesem Schicksal hätte ihn auch Romulus Futurus nicht bewahren können.

Der Kultusminister gab also Befehl, dass alle elektrischen Stationen gesperrt würden und drei Tage lang unter persönlicher Kontrolle des Ministers ständen.

Aber John Crofton war dadurch nicht mehr getröstet. Er begriff sehr wohl, dass, wenn wirklich Dr. Diabel den Vertrag besaß, er oder seine Helfershelfer schon Mittel und Wege finden würden, ihn nach Paris zu übermitteln. Dass Miss Happy Head-Divina die Komplizin des Doktor Diabel war, wollte John Crofton nicht glauben.

Auf alle Fälle leugneten beide standhaft.

So vergingen kostbare Stunden, und das Schicksal John Croftons schien besiegelt.

Er, der gegen seinen Freund so schmählich gehandelt hatte, scheute sich nicht, ihn jetzt beinahe auf den Knien zu bitten, alles zu tun, um ihn zu retten.

Romulus Futurus verlor keinen Augenblick seine Sicherheit.

»In einer Stunde werden wir wissen, wer den Vertrag gestohlen hat und wo er sich befindet!« sagte er ruhig.

John Crofton hob den Kopf.

»Wie willst du das machen? Es gibt keine Folter mehr, durch die du Dr. Diabel sein Geheimnis entreißen könntest!«

»Ich brauche keine Folter! Merke dir, mein Freund: von jetzt ab wird es keinen Verbrecher mehr auf Erden geben, der imstande ist, zu leugnen. Von jetzt ab werden alle Untersuchungsrichter der Welt überflüssig sein, es wird keine Ungerechtigkeit mehr geben und jedes Verbrechen wird nach seinen Ursachen, nicht nach seinen Wirkungen bestraft werden!«

»Ich verstehe dich nicht!« entgegnete John Crofton.

Romulus Futurus aber befahl seinem Diener, den photographischen Apparat in sein Coupé zu bringen, fuhr mit John Crofton in das Untersuchungsgefängnis.

Die Zelle, in der man Dr. Diabel untergebracht hatte, war groß und geräumig und besaß zwei Fenster: eines, das auf die Straße zeigte, und eines, das einen andern kleinen Raum von seiner Zelle abschloss.

Hier hinein traten John Crofton und Romulus Futurus. Letzterer stellte dort seinen photographischen Apparat auf und schob die empfindliche ›Lumen‹-Platte ein.

Dann setzte er den Verschluss in Tätigkeit.

Der Gelehrte hatte nämlich in den letzten Wochen seine Erfindung noch vervollständigt, und zwar in einer Weise, die niemand ahnte und die ohne Zweifel einschneidend in das Rechts- und Kulturleben aller Völker wirken musste.

Nachdem er sich überzeugt, dass die ›Lumen‹-Platte die menschlichen Physiognomien so fotografierte, wie sie waren, und nicht, wie sie schienen, hatte er seinen Apparat kinematographisch eingerichtet und so vervollständigt, dass er in einer Sekunde mindestens zwanzig Aufnahmen bewerkstelligte. Auf diese Weise war die ›Lumen‹-Platte noch zwanzigmal verfeinert worden, denn die menschlichen Physiognomien zeigten sich jetzt nicht nur in einem bestimmten Augenblick, wie sie waren, sondern sie zeigten sich in diesem Augenblick zwanzigmal vervielfältigt, in ihren geheimsten Regungen, und damit war eine tatsächliche Gedankenfotografie geschaffen worden. Man brauchte sich nur wenig Mühe zu geben, nur die einzelnen Mienenbewegungen zu studieren. Romulus Futurus hatte hierfür bereits einen Schlüssel entworfen, denn auch die Bewegungen des menschlichen Gesichts sind bestimmten Gesetzen unterworfen. Es gibt eben auch da nur eine bestimmte Anzahl von Veränderungen, von denen jede einen bestimmten Gedanken ausprägt.

Nachdem also Romulus Futurus seinen Apparat in Bewegung gesetzt, trat er mit John Crofton in die Zelle des Dr. Diabel ein; der hatte selbstverständlich die Vorbereitungen beobachtet, welche gemacht worden waren, und sah so deutlich den Apparat, dessen weißes Auge vom Fenster auf ihn gerichtet war.

Er lachte, als die beiden Männer eintraten.

»Ihr werdet euch täuschen«, dachte er: »Von mir werdet ihr nichts erfahren!« Zu gleicher Zeit überlegte er sich, dass er nun auf keinen Fall an Miss Happy Head-Divina denken durfte, denn die Eigenschaften der ›Lumen‹-Platte waren ihm natürlich längst bekannt.

»Ich werde weder an Miss Happy denken, noch daran, dass der Vertrag sich in ihren Händen befindet und dass sie ihn unter dem Sitzleder eines Plüschsessels in ihrem Saale verborgen hält«, dachte er. Und wirklich gab er seinen Gedanken eine ganz andere Richtung, als die beiden Männer eingetreten waren und Romulus Futurus, in seiner Eigenschaft als oberster Polizeibeamter, ihn einem eingehenden Verhör unterzog.

Dieses verlief ebenso ergebnislos wie das durch den Untersuchungsrichter vorgenommene, und Romulus verließ mit seinem Freunde Crofton die Zelle, während ein geheimnisvolles Lächeln auf den Lippen des großen Menschenkenners lag.

Hinter ihnen gellte das Lachen des Dr. Diabel.

»Ihr werdet euch täuschen«, dachte der Arzt. »Ihr werdet euch täuschen! Ich habe weder an Miss Happy noch an die Pläne, noch an alles andere gedacht, und deine Maschine, Romulus Futurus, wird nichts wissen!«

Romulus Futurus nahm ruhig die ›Lumen‹-Platte aus dem Apparat, nachdem er diesen abgestellt hatte, und fuhr mit John Crofton nach Hause.

Aber ungeahnte Hindernisse stellten sich den beiden Männern in den Weg. Sie brauchten nicht weniger als sieben Stunden, um in ihre Wohnung zurück zu gelangen. Inzwischen war es wieder Nacht geworden, denn die Tage wurden immer kürzer und dauerten seit einiger Zeit nur noch sieben Stunden.

In den Straßen nämlich sammelten sich ungeheure Menschenmengen. Das Volk, das zusammenlief, mit elektrischen Gewehren bewaffnet, wusste eigentlich nicht, was es wollte. Man war unzufrieden mit dem System, mit der Regierung, mit allem. –

Aber man wusste nicht, warum. – –

Man hatte im Laufe der Jahrhunderte gelernt, dass Revolutionen nichts ändern, dass alles seinen gleichen Gang weiter geht und dass immer dasselbe kommt und niemals etwas anderes.

Und doch wollte das Volk die Revolution, aufgestachelt durch das rotglühende Licht des Kometen, dessen entsetzliches Antlitz sich förmlich hohnlachend über die Erde neigte.

Blut – hieß die Losung! Blut wollten sie alle! Blut sollte fließen!

Und da die Volksmassen sich selbst nicht morden wollten, so richteten sie ihr Augenmerk auf die, welche der Pöbel immer hasst, auf die Reichen, auf die Regierenden.

Hätten sich Romulus Futurus und John Crofton nicht in ein Flugcoupé gerettet, so wären sie beide verloren gewesen, denn alle elektrischen Coupés auf den Straßen wurden angehalten, zertrümmert und die Insassen ermordet.

Der Augenblick für das Losbrechen der Revolution war günstig gewählt worden, denn das Militär war noch nicht da und die Truppen, die sich in Berlin befanden, reichten nicht hin, die Aufständischen zu zügeln, die mit jeder Minute zahlreicher wurden.

Der im Jahre 1908 gebaute Eispalast war als Standquartier der Revolutionäre eingerichtet worden. Dort weilten die Anführer, unter denen sich einer befand, der ganz besonderes Ansehen genoss: Peter Cornelius, der Student.

Endlich aber gelang es Romulus Futurus doch, in seine Wohnung zu kommen. Er entwickelte sofort die Platte und ließ die Fotografien kinematografenartig ablaufen.

John Crofton beobachtete staunend die Maßnahmen seines Freundes, und zum ersten Male begriff er ganz und gar dessen gigantische Größe, die fabelhaften Vorteile, die diese Erfindung der deutschen Nation sicherte.

Folgendes erfuhr Romulus Futurus aus dem Apparat:

»Ihr werdet euch täuschen! Von mir werdet ihr nichts erfahren! Ich werde weder an Miss Happy Head-Divina denken, noch daran, dass sich der Vertrag in ihren Händen befindet und dass sie ihn unter dem Sitzleder eines Plüschsessels in ihrem Salon verborgen hält! Ihr werdet euch täuschen! Ich habe weder an Miss Happy, noch an die Pläne, noch an alles andere gedacht, und deine Maschine, Romulus Futurus, wird nichts wissen!«

»Nun wissen wir ja alles, was wir wissen wollten!« sagte Romulus Futurus lächelnd, drückte auf eine elektrische Klingel und setzte sich wieder mit der Polizeizentrale in Verbindung.

»Die Schauspielerin Miss Happy Head-Divina ist zu verhaften!« befahl er. Gleichzeitig gab er Auftrag, dass ein hoher Polizeibeamter sich in die Wohnung der Schauspielerin begeben sollte, um das Dokument in Besitz zu nehmen und es John Crofton zurückzugeben. Inzwischen war Frau Fabia, erschreckt durch das lange Ausbleiben ihres Gatten, in das Turmzimmer der Sternwarte gekommen. Sie warf zufällig einen Blick auf die vielen Fotografien, die in kurzer Zeit von Dr. Diabel aufgenommen worden waren. Kaum aber hatte sie hingesehen, da stieß sie einen wahnsinnigen Entsetzensschrei aus.

»Er ist es!« rief sie. »Er ist ein Verbrecher! Er hat mich getötet!« Dann sank sie in Ohnmacht.

John Crofton und Romulus Futurus sahen sich entsetzt an.

»Was bedeutet das?« fragte John Crofton.

»Wir werden es wohl bald erfahren«, sagte Romulus Futurus nachdenklich.

6.

Die Revolution hatte diesmal in Berlin mit einer solchen Heftigkeit eingesetzt, dass die Regierung wie von einem Lavastrom hinweggefegt wurde, der sich plötzlich über alles Leben ergießt, alles verschlingt und jeden Widerstand verbrennt, zermalmt.

In den Straßen tobte ein wahnwitziger Kampf. Es war keine Schlacht mehr, es war ein Schlachten. Über allem stand der rote Komet und beleuchtete mit seinem diabolischen Lichte diese furchtbaren Gräuelszenen, die Berlin seit seinem Bestehen noch nicht gesehen hatte.

Die erste Heldentat der Aufständischen, die in großen Scharen die Straßen durchzogen und mit den Truppen der Regierung auf allen

Plätzen ins Gefecht kamen, bestand in der Erstürmung des großen Untersuchungsgefängnisses am Spittelmarkt.

Nach kurzem Widerstand der Besatzung ergoss sich die Flut der Revolutionäre in die dunklen, finsteren Gänge; da und dort lag die Leiche eines ermordeten Aufsehers. Einige Minuten später aber strömte die Schar der Eingekerkerten hinaus, die Brüder umarmend, die ihnen, den Verbrechern, die Freiheit wiedergegeben hatten.

Auch Dr. Diabel befand sich unter ihnen. Nachdem er dem Führer des Trupps die Hand gedrückt, eilte er, ohne sich einen Augenblick aufzuhalten, in das Gemach der kranken Fürstin Angelika und nahm dort seinen Platz als Arzt und Wächter wieder ein.

Berlin glich in wenigen Stunden einer belagerten Festung. Die Straßen waren röter noch von Blut, als von dem Lichte des Kometen. Die Bürger hatten ihre Häuser versperrt, aber die Aufständischen schlugen die Türen mit Äxten ein, zerrten die Frauen auf die Straßen, warfen die Kinder in die aufgepflanzten Bajonette und mordeten die Männer.

Die, welche auf den ersten Alarmruf hin teils unter die Fahnen der Regierung, teils unter das Banner des Aufstandes geeilt waren, kämpften mit einer Erbitterung, die unbeschreiblich war. Durch die Friedrichstraße zogen etwa dreitausend Revolutionäre unter der Führung Peter Cornelius, des Studenten.

Er war einer der Überzeugtesten, einer von denen, die bestimmt wussten, dass die Natur sich ändert, wenn man Blut vergießt, dass die ganze Welt sich in ihrem Laufe umdreht und verkehrt um die Sonne gehen wird, wenn man die Reichen beseitigt und an Stelle derer, die bisher regiert haben, andere setzt. – –

In den Augen des Peter Cornelius glühte ein verhängnisvoller Wahnsinn. Trunken von einem Rausche, der weder durch den Alkohol, noch durch das Blut, sondern einzig und allein durch die Purpurfluten des roten Kometen hervorgerufen war, schwankten seine Genossen durch die Straßen, mordeten, schändeten, begingen Exzesse der Tollheit und riefen die Freiheit aus.

Da begegnete ihnen ein starker Trupp von Soldaten. Diese waren bedeutend in der Überzahl, und die Revolutionäre verlangten von ihrem Führer, dass er sie zurückführe, denn ein Kampf musste zu Ungunsten der Revolutionäre enden, da die Bewaffnung des Militärs eine weitaus bessere war.

Auf einem elektrischen Karren, den die Soldaten in der Mitte mit sich führten, stand mit gefesselten Händen ein Weib.

Ihre Arme lagen auf dem Rücken; das schwere goldene Haar hatte sich gelöst und floss in langen Wellen über ihre Schultern, von denen das weißseidene Kleid teilweise in Fetzen herabhing. Ihre Lippen glühten wie Purpur, und ein höhnisches Lächeln leuchtete aus ihren Augen.

Als die Soldaten und die Revolutionäre einander so nahe gekommen waren, dass sie sich verständigen konnten, blieb Peter Cornelius plötzlich wie angewurzelt stehen.

Er hatte die Gefangene erkannt. Noch war nämlich der Sieg der Revolutionäre lange nicht entschieden und man war bemüht, die Verbrecher, deren man habhaft werden konnte, unter starker Militäreskorte wieder in das Gefängnis zurückzuführen.

»Happy Divina!« murmelte der Student, zu den Waffen greifend.

Auch sie hatte ihn gesehen und erkannt, und während die beiden feindlichen Trupps einander zornglühend gegenüberstanden, während das Entbrennen des Kampfes und Mordens nur noch von Sekunden abhing, rief Happy Divina:

»Ei, sieh an! Peter Cornelius, der Held! Habt Ihr Euch endlich aufgerafft? Habt Ihr diese Barbaren niedergeworfen? Da seht her, was sie mit mir gemacht haben!«

Und sie, die Tausende und Abertausende von Menschen durch ihre Stimme in einen Rausch der Begeisterung versetzt hatte, hob ihre Arme etwas vom Rücken ab, und man sah die weißen, leuchtenden Hände zwischen dicken Stricken.

Dieser Appell entflammte Peter Cornelius zu wahnsinniger Wut gegen die, welche dieses schöne Weib brutal ins Gefängnis führen wollten. Liebte er doch Happy Divina seit langer, langer Zeit! Aber wie hätte Peter Cornelius es jemals wagen dürfen, sich der Sängerin, die von den höchsten Würdenträgern des Reiches verehrt wurde, zu nähern? Er, der arme Student, der seinen ersten Studien bei Dr. Diabel oblag!

Die stolze Sängerin, die gefeiert wurde gleich einer Königin, würde nicht wenig gelacht haben über den armen Studiosus, hätte er ihr seine Liebe erklärt. Aber jetzt, in diesem Augenblick, da die Welt unterzugehen drohte, jetzt war alles anders geworden! Die Ersten waren die Letzten und die Letzten waren die Ersten geworden! Hier stand Peter Cornelius an der Spitze seiner todesmutigen Schar, die bereit war, ihr Leben in die Schanze zu schlagen.

Und plötzlich war für Peter Cornelius die Devise gegeben:

Die Freiheit, für die er sein Leben aufs Spiel setzte und hundert andere nach sich zog, erschien ihm leibhaftig in der Gestalt dieser Verbrecherin, die seit langer Zeit im Dienste auswärtiger Staaten als Spionin stand, da ihre großen Einnahmen nicht hinreichten, ihr wahnsinniges Bedürfnis nach Luxus und Reichtum zu befriedigen.

Peter Cornelius entriss dem Arbeiter, der neben ihm ging, die Fahne und stürzte sich mit dem Rufe:

»Für Happy Divina und die Freiheit!« mitten in die feindlichen Soldaten. Von Begeisterung trunken, folgte ihm der Schwarm, und in einem einzigen Anprall wahnsinniger Wut hatten sie eine Bresche in die Reihen der Soldaten geschlagen und waren bis zu dem Wagen vorgedrungen, auf dem die Gefangene gefesselt stand.

Peter Cornelius schlug mit einem elektrischen Säbel nicht weniger als vier Soldaten nacheinander nieder, zerriss die Fesseln, welche die schönen Hände der göttlichen Sängerin zusammenhielten, hob sie vom Wagen und schleppte sie, ihren Leib mit dem linken Arme umfassend, mit dem rechten kämpfend, aus der Reihe der Soldaten. –

Die waren zuerst unter dem wütenden Anprall der Revolutionäre zurückgewichen. Dann aber hatten sie sich rasch gesammelt, und während die vordersten sich niederwarfen und eine furchtbare Salve gegen die Feinde abgaben, öffnete sich zu gleicher Zeit die Mitte ihrer Reihen; Geschütze wurden aufgefahren, deren erste Schüsse allein etwa fünfzig der Feinde niederrissen.

So groß zuerst der Todesmut der Revolutionäre gewesen war, ebenso groß war die Panik, die diese führerlosen Menschen ergriff, als sie anstatt Brot Bleikugeln erhielten. Während jeder Führer der Revolutionäre seine eigenen Zwecke verfolgte, der eine Macht, der andere Ehre, der dritte Ruhm, der vierte persönliche Interessen, während der fünfte hoffte, durch den Aufstand Gold zu sammeln, und während der sechste einer Verbrecherin wegen dreitausend Menschen in den Tod führte, dachte die große Masse nur an das eine Ideal, das sie mit der Freiheit verwechselte: »Brot!«

Sie fluteten vor dem furchtbaren Gegenangriff der Soldaten zurück, wurden zersprengt, niedergeschossen, zertreten, dezimiert, und höchstens dreihundert waren es, die Peter Cornelius folgten, der in seinem linken Arm immer noch gleich einer weißen Fahne den schlanken Leib der Sängerin trug.

Die Straße war von Soldaten abgesperrt. Aber sie fanden einen neuen Ausweg, über den sie auf vielen Umwegen in die Potsdamerstraße gelangten.

Dort hatten die Revolutionäre Barrikaden gebaut, und ein furchtbarer Kampf um die Oberherrschaft in Berlin war entbrannt.

Inzwischen war die Farbe des Kometen dunkelrot geworden wie Burgunder. Die Nacht war erfüllt von einer unerträglichen Hitze, die von Stunde zu Stunde zunahm und den Wahnsinn der Menschen erhöhte.

Peter Cornelius hatte die Gerettete hinter einen Steinhaufen gezogen. Da augenblickliche Ruhe eingetreten war, fand er Zeit, sich mit ihr zu verständigen.

Sie sah ihn lächelnd an, ihre Lippen schimmerten wie Blut. Sie reichte dem Studenten die Hand und sagte:

»Wie soll ich Ihnen danken, dass Sie sich meinetwegen solchen Gefahren aussetzten!«

Peter Cornelius schaute lange in ihre Augen und hielt ihre Finger umschlossen.

»Wäre es Ihnen nicht möglich, mich in meine Wohnung zu bringen?« flüsterte sie.

Er schüttelte den Kopf.

»Das ist unmöglich, Miss Head-Divina! Das ist ganz unmöglich! Sie müssen hier bleiben und jetzt mit uns für die Freiheit und für eine goldene Zukunft kämpfen!«

Die Sängerin schnitt eine Grimasse.

»Was soll ich tun? Sie werden doch nicht denken, dass ich einen von euren schmutzigen Säbeln angreife oder gar ein Gewehr abschieße? Warum denn? Wegen eurer Dummheiten?«

Cornelius sah sie mit großen, flammenden Augen an.

»Unsere Dummheit hat Sie gerettet!« sagte er zornig. Sie zuckte die Achseln, lächelte und entgegnete:

»Sie irren, Peter Cornelius! Ihre Sinnlichkeit war es, die Sie Ihr Leben in die Schanze schlagen ließ!«

»Gut, nennen Sie es Sinnlichkeit!« schrie er, trunken vor Wut und vor Leidenschaft. »Ich liebe Sie! Ich liebe Sie so rasend, wie nie ein Weib geliebt wurde, und ich verlange, dass Sie mein werden!«

Dabei schlang er seine Arme um ihre weiße, feine Gestalt und versuchte, seine Lippen auf die ihrigen zu pressen.

Happy Head-Divina empfand einen furchtbaren Ekel. Sie stemmte die beiden kleinen Fäuste gegen die Brust des Studenten und stieß ihn zurück.

»Sind Sie wahnsinnig? Ich mag Sie nicht! Ich hasse Sie!«

Peter Cornelius taumelte zurück, während um ihn und die Sängerin wieder die ersten Flintenschüsse krachten.

»Sie lieben mich nicht? Sie hassen mich? Aber ich liebe Sie! Und eher werde ich Sie töten, ehe ich erlaube, dass Sie einem andern angehören!«

»Sie sind ein Narr!« entgegnete die Sängerin nun ernstlich böse, indem sie sich mit unruhigen Augen umsah; denn eben stürzte neben ihr ein Revolutionär zu Tode getroffen nieder und krampfte die Hände im letzten Todeszucken.

»Sie sind ein Narr, Peter Cornelius! Führen Sie mich sofort hinweg!«

Er lachte.

»Es gibt keinen Ausweg mehr, und wenn Sie etwas retten kann, so ist es nur meine Liebe!«

Damit hielt er sie mit dem linken Arm fest und schoss mit dem rechten das Gewehr auf einen Soldaten ab, dessen Helm über der Spitze der Barrikade sichtbar wurde.

Die Sängerin, erschreckt über die Leidenschaft des Studenten, riss sich los und kletterte mit außerordentlicher Leichtigkeit und Behändigkeit über die Trümmer der Barrikade, entschlossen, zu den Soldaten hinabzuspringen und dort Hilfe zu suchen.

Sekundenlang sah ihr Peter Cornelius nach. Seine Augen waren blutunterlaufen, auf seinen Lippen stand Schaum.

Da, als sie gerade den Kamm der Steinburg erreicht hatte, als sie gerade die Arme ausbreitete, um zu den Soldaten hinabzuspringen, riss er sein Gewehr an die Wange und schoss sie durch den Rücken.

Sie warf die Arme in die Luft, und während über ihre Lippen und über das Kinn Blut rann, fiel sie rückwärts hinab und blieb verblutend liegen. –

Peter Cornelius aber stürzte sich wie ein Tier in den Kampf und focht so lange, bis er, von Stichen und Kugeln durchbohrt, sterbend über die letzten Steine sank, die von der Barrikade übrig blieben, indes die Soldaten die Revolutionäre zurücktrieben. So tobte und wütete in allen Straßen und überall der Kampf. Immer unerträglicher wurde die Gluthitze, die sich über Berlin verbreitete, und schließlich begriffen alle, was da und dort ein verzweifelter Mund ausschrie:

»Wir stoßen mit dem roten Kometen zusammen! Die Welt geht unter!«

Mit derselben Schnelligkeit, mit der der brudermordende Kampf begonnen hatte, wurde er beendet. Die Panik, die der rote Komet plötzlich hervorrief, in dessen purpurnes Glutauge man jetzt blicken konnte, versöhnte die Menschen, die sich eben noch bekämpft hatten, wie die Tiere.

Soldaten und Revolutionäre, Frauen und Kinder, hohe Staatsbeamte und Arbeiter, kurzum alles, was in Berlin lebte, wälzte sich als ein großer, dunkler Haufen der Sternwarte des Romulus Futurus entgegen, von dem man halb drohend, halb bittend Rettung vor dem roten Kometen forderte.

Romulus Futurus stand auf seinem Turm und beobachtete das Herannahen des verhängnisvollen Sternes. Er sah die Menschenmassen, die sich der Sternwarte näherten, er wusste, was sie forderten und verlangten, aber er beachtete sie kaum.

»Wir werden noch zehn Stunden Zeit haben, bis der Zusammenstoß erfolgt!« sagte er zu sich selbst. »Noch ist es nicht sicher, ob überhaupt die Katastrophe hereinbricht; denn nach meiner Berechnung gleitet der Komet augenblicklich neben uns. Es ist, als sei er von der Geschwindigkeit der Erdumdrehungen erfasst und mitgerissen. Vielleicht ist die Anziehungskraft der Erde nicht stark genug, vielleicht geht das Letzte vorüber!«

Und er berechnete weiter, dass dieser rote Komet unmöglich die Kraft einer Sonne haben könnte, denn sonst wäre längst die ganze Erde geborsten.

Die furchtbare Hitze, die sich über Berlin ausbreitete, stand gleichwohl nicht im Verhältnis zu der Größe des Kometen. Romulus Futurus berechnete weiter, dass der Komet selbst vielleicht kalt war, dass sich auf ihm ungeheure Eiswüsten befanden. Aber er schien umgeben zu sein von einem Riesengürtel von Elektrizität, die diese furchtbare Hitze und das rote Purpurlicht hervorrief.

»Rot ist die Farbe, deren Strahlen unter allen Lichtstrahlen am schwächsten gebrochen werden«, sagte er zu seinem Freunde John Crofton, der bald zagend und angstvoll zu dem roten Kometen emporblickte, bald auf die Straßen hinabsah, die von dem Lärm und von dem Geschrei der Menschen erfüllt waren.

»Die Länge der Wellen, die die roten Strahlen verursachen, ist größer als die aller übrigen Strahlen; die Anzahl der Schwingungen, welche sie in einer Sekunde vollbringen, ist dagegen die kleinste, etwa vierhundert Billionen in der Sekunde. Dadurch ist die intensive Kraft gerade der roten Farbe erklärt. Ich glaube, dass das Purpurlicht durch Elektrizität hervorgerufen wird, die den roten Kometen umgibt. Wir haben jedenfalls eine ganz ähnliche Erscheinung vor uns, wie bei dem Polarlicht, das in der Höhe nach Breiten abfließt, um sich schließlich allmählich dort auszugleichen, wo die Luft trockner wird. Dieselbe Erscheinung haben wir in tieferen Breiten, nur zeigen sich die elektrischen Wellen dort nicht als Licht, sondern als Gewitter.

Denke dir das Polarlicht Billionen Male vergrößert, in seiner Kraft, dazu weit intensiver leuchtend durch den elektrischen Strom, welcher rund um den Kometen herumläuft, und du hast eine sichere Erklärung für das rote Licht dieses Sternes.«

Romulus Futurus wurde in seinen Ausführungen durch die Volksmenge unterbrochen, die stürmisch Schutzmaßregeln gegen den roten Kometen von ihm verlangte.

Der Kultusminister erklärte, er werde alles tun, um Berlin vor dem Untergange zu retten.

Und er gab einen seltsamen Befehl. –

In der Mitte der Stadt, wo das Schloss und alle die vornehmen Gebäude lagen, drängte sich das Volk zusammen. Dort wurde auf den Befehl des Romulus Futurus alles zusammengetragen, was Berlin an Gummi und ähnlichen Stoffen besaß. Aus diesen Materialien wurden Schutzwände gebildet, an denen die elektrischen Wellen des roten Kometen, die sich als rote Lichtflut dem Auge zeigten, abprallen sollten.

In der Tat zeigte sich, dass die Wirkung des Lichtes da sofort aufhörte, wo die Menschen sich hinter solchen Gummiwänden verbargen, denn die Elektrizität prallte wirkungslos an diesen Schutzvorrichtungen ab.

Was aber halfen diese Maßregeln, die den Anstrengungen eines Ameisenhaufens gegen einen Taifun gleichkamen, gegen die furchtbaren Stunden, die jetzt folgten!

Der rote Komet presste sich förmlich an die Erde heran, und jede Stunde, jeden Augenblick erwartete man den Zusammenprall.

Mit dem herannahenden Untergang der Welt zeigten die Menschen sich plötzlich so wie sie waren. Die einen, die bisher unter der Maske der Tapferkeit paradierten, wurden feige wie Hyänen, andere, die nie aus dem Dunkel ihrer Bescheidenheit hervorgetreten waren, verrichteten Wunder des Mutes und der Arbeit. Alles, was lebensfähig war, das Militär, die Arbeiter, die eben noch gegen die Obrigkeit gefochten, die höchsten Staatsbeamten und die niedersten Bewohner Berlins schafften fieberhaft an der Gummimauer, welche sie vor dem letzten Untergang retten sollte. Aber die Maßnahmen des Kultusministers erwiesen sich gleichfalls als vollständig unzulänglich, denn bald schmolz der Gummi unter der fabelhaften Hitze, die von Stunde zu Stunde wuchs. Die Nacht hatte sich zum Tage gewandelt und der ganze westliche Himmel schwamm in einem Meer von purpurnem Feuer. Myriaden von den verschiedensten Farbentönen, angefangen vom blassesten Rosa bis hinauf zum tiefsten Burgunder, schwammen am Himmel. Schließlich glitten sie zusammen, zerschmolzen, vereinigten sich, und das ganze Firmament war ein einziges Chaos von Blut und Flammen.

Der Schrecken, der die Menschen ergriffen hatte, war unbeschreiblich. Hunderte und Tausende flüchteten sich in die Kirchen. Der Dom im Lustgarten war besetzt von Verzweifelten. In der französischen Kirche am Gendarmenmarkt wurde ein Tedeum abgehalten. Hunderte wieder wurden in ihrer Angst auf die Friedhöfe getrieben, als könnten sie Trost oder Hilfe bei den Verstorbenen finden. Auf dem Luisen- und dem alten Sophienkirchhof drängten sich die von wilder Panik Erfassten ebenso wie auf dem neuen Gottesacker, der sich bis Freienwalde ausdehnte. Die wenigsten fanden den Mut, in den großen Bauten, die bisher weltlichen Zwecken gedient, Zuflucht zu suchen. Und doch war es das klügste, und die, welche im königlichen Schauspielhaus Zuflucht gesucht hatten, waren wenigstens in den kühlen Hallen halbwegs geschützt gegen die höllische Hitze, die in den Straßen brütete. Viele stürzten in die Keller, um dort für kurze Zeit Kühlung zu finden. Die meisten aber mieden, aus Furcht vor einem Erdbeben, die Häuser und tobten durch die Straßen.

Plötzlich schrie die Menge auf.

Auf dem königlichen Schlosse, das von Tausenden umlagert war, stieg plötzlich eine Feuersäule kerzengerade zum Himmel empor, oder besser, sie war von dort gekommen und stand nun drohend und purpurrot auf dem Dache. Zu gleicher Zeit stürzten mehrere Soldaten tödlich getroffen zu Boden. Im ersten Moment hatte niemand begriffen, was geschehen war, als sich aber die Erscheinung wiederholte, da wussten die Ingenieure sofort Bescheid.

Ein Haus ging sogar in Flammen auf. In ein zweites fuhr der Strahl und tötete beinahe alle Bewohner, während zu gleicher Zeit die Flammen aus den Fenstern schlugen.

Auf dem Schlosse war es eine Kupferstange gewesen, die den elektrischen Blitz angezogen hatte. Die Helme der Soldaten boten gleichfalls für die elektrischen Ströme, welche die Atmosphäre erfüllten, einen willkommenen Stützpunkt, bis das Militär verzweifelt die Kopfbedeckungen abriss und von sich warf, die Gewehre und Säbel zerbrach und auf die Straße schleuderte.

Plötzlich hörte man die Signale der Feuerwehr. Nicht weniger als zehn Häuser brannten im Zentrum der Stadt. Die Soldaten mussten Hilfe leisten, und alle anderen Menschen legten Hand an, um wenigstens für den Augenblick die furchtbare Situation zu vergessen.

Alles ging in Flammen auf, was von einem der elektrischen Funken ergriffen wurde, die wie Glühwürmer die in Purpur getauchte Nacht durchschwirrten.

Im Westen zog sich ein Streifen von so intensivem Rot, dass man im ersten Augenblick glaubte, dort stände schon die ganze Welt in Flammen. Es sah nicht anders aus, als sei die Erde dort, wo sie endete, in Blut getaucht, oder als schwimme sie in einem Meer von Glut.

Die Häuser erhitzten sich, und die Menschen sprangen laut schreiend auf die Straße hinaus, während die Fenster barsten und die großen Auslagen der Läden splitternd und krachend zusammenfielen.

Gebete, in wahnsinniger Angst hinausgeschrien, stiegen zu dem roten Kometen empor. Furchtbare Flüche wurden gegen diese neue, gigantische rote Sonne ausgestoßen, die drohend und schrecklich über der Erde stand.

Plötzlich stürzten mehrere Häuser ein. Sie begruben Hunderte von Menschen unter sich, denn zu damaliger Zeit waren die Gebäude in Berlin nach amerikanischer Art teilweise zu einen Höhe von zwanzig Stockwerken ausgebaut. Ihre Gerippe bildeten große Eisengerüste, die sich unter der Glut, die auf den Häusern lag, erhitzten, die Holzverkleidungen der Gebäude selbst in Brand setzten und sich teilweise zusammenbogen wie Weidenruten.

Die Straßen waren erfüllt von tausendstimmigem Wehgeschrei, Klagen und Rufen. Sterbende ächzten, Verwundete stöhnten und wimmerten, und die jeder Vernunft baren Menschenströme wälzten sich über Tote und Verwundete hinweg, zerstampften sie, zertraten sie, flüchteten hierhin, dorthin, und konnten doch dem Verderben nicht entrinnen, das von dem Kometen auf die Erde niederkam.

Zwischen dieses Chaos von Verwüstung und Irrsinn hinein drang das Geschmetter der Militärmusik; die Soldaten wurden durch die eiserne Disziplin ihrer Offiziere zusammengehalten und versuchten, so gut es ging, die Ordnung aufrecht zu erhalten. Schaurig schollen die Signale der Feuerwehr, die mit verzweifelter Energie kämpfte, den Untergang Berlins zu verhüten.

Eine dicke Ruß- und Rauchwolke lagerte sich über die Stadt. In manchen Straßen war es so arg, dass die Menschen nicht mehr atmen konnten und Hunderte erstickten, ehe sie einen rettenden Ausweg fanden.

Flimmernd lag der rote Rauch in der Luft; die Atmosphäre erhitzte sich immer mehr und mehr. Über der Spree lagerte die Wolke am dichtesten, denn die hölzernen Schiffe hatten Feuer gefangen, und brennende Kähne trugen die Flammen den Fluss entlang.

Der ganze Westen war eine einzige helle Glut. Die Straßen waren gefüllt mit Toten, die regungslos auf dem erhitzten Pflaster lagen.

Um das Unglück noch größer zu machen, erhob sich ein fürchterlicher Sturm. Rot und bläulich gefärbte Wolken, mit Phosphor gefüllt, trieb der Wind am Himmel umher. Sie ballten sich zusammen zu einer dicken, schwarzen Masse, durch die, kaum sichtbar, noch der rote Komet hindurchschimmerte. Die Spreewasser wurden aufgepeitscht von dem Sturm, der mit Brausen, Tosen und Zischen über Berlin hinwegfuhr. Nebel schienen sich auf die Stadt herabzusenken, ein roter, glühender Schleier, der die Lungen versengte und das Atmen immer schwerer machte.

General Treufest, welcher derzeit Stadtkommandant von Berlin war, ließ alle schweren Geschütze zusammenfahren und eröffnete eine furchtbare Kanonade gegen den Rauch, gegen die Wolken und gegen den roten Kometen. Er gab sich der vagen Hoffnung hin, durch den großen Luftdruck der Geschosse die Atmosphäre zu säubern; in der Hauptsache aber war der Befehl wohl auch kopflos gegeben, hervorgerufen durch starres Entsetzen und jene Panik, die die klügsten Köpfe völlig besinnungslos machte.

Die Kanonade, welche in der Stadt anhob, erhöhte nur das Grauen, ohne die Kraft der Elemente eindämmen zu können. Die Menschen, die nicht sofort die Ursache der Erderschütterung und des schrecklichen Getöses kannten, glaubten, ein Erdbeben sei gekommen und versuchten nun, aus den Straßen hinaus zu flüchten, sprangen übereinander, traten sich gegenseitig nieder, zerfleischten sich und bildeten einen großen Knäuel, ein blutiges, schreckliches Chaos.

Mit unheimlichen Getöse und furchtbarem Krachen fielen die Häuser zusammen. Ganze Stockwerke, von der Hitze beinahe geschmolzen, senkten sich auf die unteren herab, gehalten von schweren Eisensäulen, so dass die entsetzten Menschen in Wahrheit zwischen Ruinen wandelten.

Plötzlich setzte ein Regen ein, und schon wurden Stimmen der Hoffnung laut, als die Unglücklichen erkannten, dass die Tropfen, die zischend auf das heiße Pflaster fielen, selbst erhitzt waren, dass die Wolken lediglich Ströme von Dampf, Glut und Gischt auf die Erde niedersandten. Durch die Wolke von Rauch hindurch sah man blutrote Nebel, und zwischen ihnen rannten die Menschen schreiend und keuchend hin und her, mit verglasten Augen, von Fieber und Todesangst geschüttelt.

Unter der großen Menge hatten sich auch Romulus Futurus, seine Gattin Fabia und sein Freund John Crofton befunden. Es gab keinen Unterschied mehr zwischen den Menschen. Die Karossen und elektrischen Equipagen lagen zertrümmert und verbrannt in den Gassen. Die Luftschiffe, welche zuerst versucht hatten, das Geheimnis des roten Kometen zu ergründen, waren auch zunächst von der furchtbaren Hitze ergriffen worden. Die Glut hatte die Gashüllen gesprengt und in Flammen gesetzt. Die Aluminiumgerippe waren zerbrochen wie Glas und Tausende von großen Schiffen waren wie Sternschnuppen niedergefahren, brennende, leuchtende Klumpen, von denen sich Stoff-Fetzen und tote Menschenleiber ablösten.

Die drei gingen durch die Wilhelmstraße. Dort, wo in früheren Jahren das Kultusministerium gestanden, erhob sich jetzt ein großes, prachtvolles Palais, das mit vielen anderen Häusern den Gefahren bis dahin entgangen war. Die großen Tektonwände, in die es eingefasst war, hatten den umherfliegenden Feuerfunken widerstanden.

Zwar waren alle Fenster gesprungen, aber nichts deutete darauf hin, dass die Bewohner von dem gleichen panischen Schrecken ergriffen worden waren wie alle anderen Menschen.

Oder stand das Haus leer?

Frau Fabia, die der furchtbaren Verwüstung in den Straßen und der grenzenlosen Katastrophe bis jetzt mit größtem Seelengleichmut begegnet war, während John Crofton mehr tot als lebendig neben dem finstern Romulus Futurus herwankte, wurde plötzlich von einer seltsamen Unruhe ergriffen, als sie dieses Haus erblickte, in dessen Nähe sie bis jetzt noch nie gekommen war.

Sie klammerte sich mit beiden Armen an ihren Gatten und stieß hastig hervor:

»Was ist das, Romulus? Was ist das für ein Haus?«

Romulus Futurus ließ seinen Blick über das Gebäude gleiten.

»Es ist der Palast der Fürstin Angelika«, erwiderte er gleichmütig und wollte seinen Weg fortsetzen. Aber Frau Fabia hielt ihn zurück.

»Angelika« murmelte sie, »Angelika. – Der Name ist mir so bekannt.«

»Die Fürstin wurde dir doch damals vorgestellt, als wir mit Doktor Diabel und den andern in seinem Hause soupierten.«

Sie schüttelte den Kopf.

»Davon weiß ich nichts!«

Romulus Futurus machte eine Handbewegung.

»Verzeih', ich vergaß, dass dir die Erinnerung an alles, was in der Vergangenheit liegt, geschwunden ist.«

Er sprach gleichgültig, als rede er mit einem völlig fremden Menschen, denn er liebte Frau Fabia schon lange nicht mehr. Sein Wunsch stand auf etwas anderes, auf ein Wesen, auf ein Idol gerichtet, das er nicht nennen konnte, das ihm nur vorschwebte, auf die schemenhafte Erscheinung, die er unter seinem Bilde kennen gelernt und die nun doch – das stand außer Zweifel – im Körper seiner Gattin Fabia wohnte.

Sie ließ sich von dem Hause nicht fortbringen.

»Es kommt mir so seltsam bekannt vor«, flüsterte sie unaufhörlich, während ihr Blick einen eigentümlichen Schimmer annahm. »Aber das ist ja mein Haus! Das ist ja mein Palais!« rief sie plötzlich, sich an Romulus Futurus klammernd. Im nächsten Moment stieß sie einen gellenden Schrei aus, sank in die Arme ihres Gatten und deutete zitternd, während ihre Zähne wie im Frost aufeinanderschlugen, zum Fensterkreuz des ersten Stockes empor.

Sowohl Romulus Futurus als auch John Crofton waren ihr mit den Augen gefolgt.

Dort oben stand Doktor Diabel und sah hohnlachend herab. Sein Gesicht hatte wahrhaftig die Fratze eines Teufels angenommen.

Die Welt und ihre Interessen hatten sich in den Stunden so geändert, dass John Crofton längst nicht mehr an sein Dokument dachte. Und Romulus Futurus wunderte sich nicht, den Gefangenen hier zu sehen, denn es war ja bekannt, dass die Revolutionäre alle Gefängnisse gestürmt hatten.

Obwohl das alles nur um Stunden zurücklag, schien es doch jedem, als ob Jahre, dazwischen liegen müssten. So furchtbar waren die letzten Erlebnisse.

Plötzlich erfüllte ein furchtbarer Donnerschlag die Luft. Der Himmel glühte, ein Regen von feurigem Dampf und siedendem Wasser spritzte vom Firmament auf die Erde nieder, und die Atmosphäre war förmlich geschwängert von Glut.

Es war unmöglich, sich noch länger auf der Straße zu halten, und Romulus Futurus, seine Gattin Fabia und John Crofton flüchteten sich in den Palast der Fürstin Angelika, der ihnen am nächsten lag, um dem Glutregen zu entkommen.

Große Lufthydranten füllten den Palast der Fürstin Angelika mit Sauerstoff. Romulus Futurus und John Crofton wollten sich im Vestibül aufhalten, aber Frau Fabia drängte auf die Treppe zu.

»Was willst du?« fragte ihr Gatte zornig. »Sollen wir uns aus dem Hause weisen lassen? Willst du die Fürstin beleidigen?«

Aber Frau Fabia schien plötzlich den Verstand verloren zu haben.

»Von welcher Fürstin sprichst du?« fragte sie mit irren, lohenden Blicken.

»Von der Fürstin Angelika.«

»Die Fürstin Angelika bin ich selbst!«

Romulus Futurus und John Crofton sahen sich an. John Crofton, der Frau Fabia immer noch mit gleicher Glut liebte, dachte nicht anders, als sie habe über all diesen Schrecken den Verstand verloren. Das wäre nichts Besonderes gewesen an diesem Tage, wo Tausende von Irrsinnigen durch die Straßen hetzten. Romulus Futurus aber öffnete plötzlich weit die Augen und sah seine Gattin mit einem seltsamen Blick an.

»Wenn das möglich wäre –«, murmelte er; und um John Crofton eine Erklärung zu geben, sagte er, von einem entsetzlichen Fieber gepackt, das hektisch auf seinen Wangen glühte: »Gehe voraus, Fabia!«

Auch ohne die Erlaubnis ihres Gatten hatte Frau Fabia bereits den Fuß auf die Treppe gesetzt und eilte nun mit leichten Schritten über die teppichbelegten Stufen empor. Im ersten Stockwerk angekommen, stieß sie die Tür eines Zimmers auf. Von neuem aber ließ sie jenen Schrei hören, den Romulus Futurus und John Crofton bereits zweimal schon von ihr gehört. Sie lehnte sich zitternd in die Ecke des Zimmers, streckte beide Arme halb abwehrend, halb beschwörend von sich und regte sich nicht; nur in den großen Augen lag ein Grauen, das wie Irrsinn funkelte. –

Inzwischen waren Romulus Futurus und John Crofton ihr gefolgt. Der erste Mensch, den sie erblickten, war Doktor Diabel, der sich am Fenster umgewandt hatte und ihnen nun mit verschränkten Armen entgegensah, während Blitze aus seinen Augen schossen.

»Was wollen Sie hier?« schrie er. »Wie können Sie es wagen, in dieses Haus einzudringen? Ich verlange Achtung vor der Fürstin Angelika, vor ihrer schweren Krankheit! Sie ringt mit dem Tode!«

Romulus Futurus hatte die Brauen zusammengezogen, dass sie eine einzige dunkle Linie über den Augen bildeten.

»Es ist unnötig, dass Sie uns Verhaltungsmaßregeln geben«, entgegnete er. »Noch bin ich Kultusminister und oberster Polizeibeamter von Berlin! Noch steht mir der Eintritt in jedes Haus frei! Die Fürstin Angelika scheint mir jedenfalls am schlechtesten aufgehoben zu sein unter Ihrer Pflege.«

Doktor Diabel stürzte Romulus Futurus entgegen und hob den Arm, als wolle er sich an ihm vergreifen. Der aber packte die erhobene Hand und presste sie mit solcher Kraft nieder, dass Doktor Diabel ein leises Stöhnen entfloh.

Dann wandten sich Romulus Futurus und John Crofton nach der Seite, wo ein großes Himmelbett stand. Ein blauseidener Baldachin spannte sich darüber. Es erweckte gerade jetzt, da die Purpurglut mit furchtbarer Kraft durch die Fenster hereinflutete, in den Männern ein eigentümlich frommes Gefühl, da ihre Blicke sich an diesem blauen Atlas weiden konnten, der die ehemalige Farbe des Himmels hatte.

Unter diesem Baldachin lag in weißen Kissen eine abgezehrte, bleiche Gestalt. Man sah, dass sie schon Monate hier ruhte. Und in der Tat lag die Fürstin Angelika seit dieser Zeit in einem todesähnlichen Schlaf, aus dem sie nicht ein einziges Mal erwacht war.

Sie bildete ein Phänomen für die Wissenschaft, die sie nicht zu erwecken vermochte, obwohl die Verwandten riesige Summen aufgeboten. Die Fürstin Angelika war nicht gestorben. Sie schien aber auch nicht mehr zu leben. Sie lag regungslos da, bleich wie ein Wachsbild. Aber diese mysteriöse Krankheit hatte ihre Schönheit trotz allem nicht töten können. Im Gegenteil: dieser Körper schien nichts Irdisches mehr an sich zu haben. Er glich dem eines Engels, und wenn es eine Ähnlichkeit zwischen Seele und Körper gibt, so hätte man in diesem Augenblick sicher beide nicht unterscheiden können, denn die schlafende Fürstin sah aus wie ein überirdisches Wesen.

Romulus Futurus hatte kaum einen Blick auf das Lager geworfen, hatte kaum mit den Augen die Gestalt dieses Engels umfasst, als seine Brust in tiefen Atemzügen sich hob und senkte. Seine Fäuste ballten sich zusammen und die Nägel der Finger fuhren in sein Fleisch, seine Augen rollten. Er wurde so bleich wie das Marmorsims des Kamins; selbst John Crofton wechselte die Farbe und starrte entsetzt bald auf Romulus Futurus, bald auf die Fürstin Angelika.

»Sie ist es, sie ist es!« stieß der Gelehrte endlich zwischen den Zähnen hervor. »Allmächtiger, sie ist die Erscheinung aus meiner Galerie, sie ist das Wesen, das mich in seinem Bann hält seit vier Monden!«

Und wie ein gefällter Baum stürzte er an dem Bett der Fürstin Angelika nieder, umschlang den Körper mit seinen starken Armen und bedeckte, einem Wahnsinnigen gleich, die kalten, bleichen Lippen mit rasenden Küssen.

Doktor Diabel schien nicht zu begreifen, was sich hier abspielte. Er selbst war so verblüfft, dass er nicht den Mut fand, ein Wort zu sprechen, während Frau Fabia, die von einem unnatürlichen Schrecken vor Doktor

Diabel ergriffen zu sein schien, immer noch in die Ecke gekauert lag und nur von Zeit zu Zeit flüchtig, wie ein scheuer Vogel, den Blick zu dem Arzte hinüberflattern ließ.

Ein einziger von den Menschen, die sich in dem Zimmer befanden, begriff außer Romulus Futurus, was hier vorging: John Crofton.

Auch er hatte auf den ersten Blick erkannt, dass zwischen der Fürstin Angelika, die hier im tiefen Schlafe lag, und jener nebelhaften Erscheinung, die die lichtempfindliche Platte in der Galerie festgehalten hatte, eine solche Ähnlichkeit herrschte, dass man beide für ein und dieselbe Person halten musste.

Er verstand allerdings nicht, wie dieses Rätsel sich lösen sollte, bis Romulus Futurus, der vergeblich versucht hatte, den Körper der Fürstin zum Leben zu erwecken, plötzlich aufsprang.

»Sie ist kalt, eiskalt!« schrie er wie ein Rasender. Und Doktor Diabel, der es nicht glauben wollte, stürzte herbei, betastete ihre Hände, ihre Arme, ihr Gesicht, sprang dann zum Fenster zurück und begann, ohne auf die anderen zu achten, eine Beschwörung, die höchst merkwürdig war.

Er beschrieb über dem Kopfe der Leblosen magische Zeichen. Man sah, wie er seinen ganzen Willen konzentrierte. Er schrumpfte zusammen vor ungeheurer Aufregung, seine Augen wurden starr wie schwarze Perlen; mit gepresster Stimme sagte er:

»Ich befehle dir, Angelika, zu erwachen! Du sollst erwachen! Du musst erwachen!«

Das wiederholte er in einem fort wie ein Verrückter, während seine Augen irr an der Leblosen hingen. Plötzlich stieß er einen Schrei aus, fiel, von der übermenschlichen Anstrengung erschöpft, zu Boden und schrie:

»Es ist zu spät, zu spät! Die Seele kehrt nicht mehr in den Körper zurück!«

Jetzt schien Romulus Futurus zu fassen, was hier vorgefallen war. Halb vornübergebeugt, wie ein Riese, die Arme vorgestreckt, die Fäuste geballt näherte er sich Doktor Diabel, packte ihn mit beiden Händen an der Brust, schleuderte ihn hin und her und schrie:

»Du hast sie hypnotisiert, Elender, gestehe! - - Du hast vor vier Monaten diese Unglückliche in einen magnetischen Schlaf versetzt und hast sie nicht mehr daraus erweckt! Schurke, Hund, Scheusal, gestehe! Gestehe, oder ich zerquetsche dich unter meinen Fäusten!«

Dieses Toben eines Mannes, der bis zur Stunde nie seine überlegene Ruhe verloren hatte, gewährte einen schrecklichen Anblick. Unter diesen Fäusten, kraftlos gemacht durch die Hitze und Flammen, die den Horizont erfüllten, sank Doktor Diabel in die Knie. Kalter Schweiß stand auf seiner Stirn, und schlotternd, im Zerrbild von Angst und Feigheit, gestand er:

»Ja, ja, es ist wahr! Ich habe sie in magnetischen Schlaf versetzt, ich habe ihr befohlen, zu schlafen, immer zu schlafen und nichts mehr zu wissen, und nun – nun ist es zu spät – ich habe den rechten Augenblick versäumt – sie ist tot, tot!«

Romulus Futurus schüttelte den Schwächling, dass sein Kopf hin und her gegen die Wand schlug.

»Warum?« schrie er mit furchtbarer Stimme, während der Wahnsinn aus seinen eigenen Augen brach, »warum?«

»Weil ich sie liebte, und weil sie gestand, dass ihr Herz einem anderen gehörte, an den sie immerfort dächte, dass sie nur einen lieben könne, nur einen –«

»Wen? Wen? Sprich!«

»Sie sprach von Romulus Futurus«, ächzte Doktor Diabel.

Romulus Futurus reckte und dehnte sich wie ein Gigant. Er war furchtbar anzusehen, und John Crofton erkannte mit Angst und Schrecken, dass sein Freund irrsinnig geworden war.

»Mich hat sie geliebt! Mich! Verstehst du, John? Crofton? Begreifst du alles? Dieser Schurke hat die Fürstin in einen magnetischen Schlaf versetzt, und ihre Seele wandelte frei umher und flüchtete zu dem, den sie liebte, während der Körper hier in den Fesseln des Magnetismus lag. Ihre Seele habe ich gesehen, und so habe ich mich in sie verliebt! Ich kann nicht mehr leben ohne sie!«

Er wandte sich um. Mit seinem breiten Körper versperrte er den Ausgang. Dann riss er den Leichnam der Fürstin Angelika aus den Kissen, hob sie in die Luft, dass das weiße, seidene Nachtkleid an ihrem Körper auf den Teppich niederfloss, und rief:

»Du sollst erwachen, du sollst erwachen! Ich liebe dich ja! Ich liebe dich bis zum Wahnsinn!«

Aber die Fürstin Angelika erwachte nicht mehr. Zu lange hatte die Seele gezögert, wieder in den Körper zurückzukehren. Jetzt, da die Fürstin entschlafen war, da der Körper seine Beziehungen zur Seele verloren hatte und verfiel, jetzt gehorchte jene der magnetischen Gewalt des Doktor Diabel nicht mehr, und der Tod des Leibes war damit unwiderruflich besiegelt.

Romulus Futurus hieß den leblosen Körper in die Kissen zurückgleiten, stellte sich breit hin und heftete sein von Wahnsinn erfülltes Auge auf Frau Fabia, die, von Furcht geknebelt, mit halb geöffneten Lippen all diesen Vorgängen gelauscht hatte.

»Was gebe ich mich der Verzweiflung hin?« murmelte er, während die Gluthitze des roten Kometen das Zimmer durchsengte, während das Todesgeschrei der Menschen von den Straßen herauftönte und Beten, Flüche und Verwünschungen durch die Luft hallten.

»Was zögere ich noch? Du – du«, er wandte sich an Frau Fabia, – »du bist es und bist es nicht! In deinem Körper lebt die Seele Angelikas, und darum kann sie nicht zurückkehren in den Leib, den ich anbete!«

– – –

Er richtete sich höher auf, erfasste mit seinen starken Fäusten Frau Fabia, die leise, verzweifelte Angstrufe hören ließ, schleifte sie zu sich hin und schrie:

»Gib die Seele zurück, die nicht dir gehört! Angelika soll leben! Ich will es! Hörst du?«

Und als ihm nichts antwortete als das stumme Entsetzen der Menschen, die sich in dem Zimmer befanden, ließ er Frau Fabia plötzlich los, stürzte sich von neuem auf Doktor Diabel, zerrte ihn zu ihr hin und schrie:

»Töte sie, töte sie, dass ihre Seele in den Körper Angelikas zurückkehren kann!«

Doktor Diabel sank unter der furchtbaren Faust, die ihn zu Boden drückte, in die Knie. Er hätte nicht die Kraft gefunden, einen Arm zu erheben, geschweige denn, den entsetzlichen Befehl des Romulus Futurus auszuführen.

Der aber, von wahnwitziger Wut gepackt, weil Dr. Diabel nicht sofort seinem Befehl folgte, riss ihn in die Höhe, hielt ihn einige Augenblicke in der Luft und schleuderte ihn mit so entsetzlicher Kraft gegen die Wand, dass der Kopf des Arztes zerschellte.

John Crofton wurde von namenlosem Grauen ergriffen. Er versuchte vergeblich, die Tür frei zu machen. Romulus Futurus hatte seine Absicht erkannt und füllte den Ausgang wieder mit seinem gigantischen Körper aus.

»Habe ich nicht recht, John?« rief er mit schauerlichem Lachen. »Habe ich nicht Recht? Endlich, endlich bin ich am Ziele.«

Und er beugte sich blitzschnell nieder, ergriff die Unglückliche, die vor Entsetzen und Todesgrauen die Besinnung verloren hatte, und presste mit seinen Fingern ihren Hals zusammen.

Das war zu viel für John Crofton, in dem längst aller Hass gegen Frau Fabia gestorben, in dem die alte Liebe mit neuer Kraft emporgeloht war. Das konnte er nicht mit ansehen. Er wurde von rasender Wut gegen Romulus Futurus gepackt; brüllend warf er sich auf den Freund, entriss ihm die Ohnmächtige und schlug ihm mit der geballten Faust ins Gesicht.

Aber stärkere Männer als John Crofton hätten diesen Rasenden nicht mehr bändigen können. Er griff nun den Freund an, warf ihn zurück, packte ihn von neuem, und zwischen den beiden Männern entspann sich ein Ringen auf Leben und Tod, ein qualvoller, entsetzlicher Kampf, der das ganze Zimmer erfüllte, der nahezu zehn Minuten währte, bis Romulus Futurus den Gegner endlich niedergezwungen hatte, bis es ihm glückte, das Messer aus der Tasche zu ziehen.

Er stieß es wohl ein dutzendmal dem Erschöpften in die Brust, bis dieser die Glieder streckte und regungslos lag in einer Lache von Blut.

Einem Tiere gleich, warf sich darauf Romulus Futurus von neuem auf Frau Fabia und tötete sie mit eigener Hand.

So stand er stieren Blicks zwischen den beiden Leichnamen und befahl mit lallender Stimme, dass die Seele Angelikas wieder in den Körper zurückkehre.

Aber diesmal glückte das Experiment nicht.

Dieses ätherische Wesen, von dem man bis zu den Tagen des Romulus Futurus nur einen unbestimmten Begriff gehabt hatte, konnte nicht in einen toten Körper übergehen, nachdem er schon einmal in eine fremde Materie gebannt worden war.

Die Fürstin Angelika blieb tot, und Romulus Futurus stand mit gebeugten Schultern zwischen vier Leichnamen. Inzwischen brütete draußen auf den Straßen der Tod. Purpurne Blitze zuckten nieder, die Donner rollten über den einstürzenden Häusern, die Luft war erfüllt von dem Todesgeschrei Tausender von Menschen, bis die Nacht vorüberging und der Tag anbrach. Da ließ die Hitze nach, und von Stunde zu Stunde wurde es kühler in den Straßen. Hinter fahlen Nebeln verschwand der Komet mehr und mehr, und die, welche nach jener entsetzlichen Nacht noch am Leben geblieben waren, erkannten, dass der Zusammenstoß zwischen dem Gestirn und der Erde nicht erfolgt war.

Der furchtbare Stern war vorübergeglitten, vielleicht nur durch einige Millionen von Kilometern noch von der Erde getrennt, und nun setzte er seine Bahn fort, weiter in den unendlichen Weltenraum.

Die Erde war gerettet. Mit der Stunde, da die Gefahr vorüber war, da die Hitze nachließ und die zurückgebliebenen Menschen sich mehr auf sich selbst besannen, mit diesem Augenblick wurden sie wieder ruhig, selbstbewusst, und erinnerten sich ihrer Zivilisation und Kultur.

Der rote Komet war erloschen für immer. Die Menschen machten sich daran, die Folgen dieser entsetzlichen Katastrophe zu beseitigen.

Soldaten und Feuerwehrleute eilten durch die Straßen, sammelten die Leichen, packten sie in Särge und Tücher und beerdigten sie. Man drang in die Häuser, rettete die, welche noch zu retten waren, und säuberte die Gebäude von Leichen.

Das Leben begann wieder seinen gewohnten Gang zu nehmen, der Pulsschlag der Arbeit hämmerte wieder in dem Körper Berlins. Da drangen Soldaten und Offiziere auch in das Palais der Fürstin Angelika ein und fanden die Opfer der entsetzlichen Katastrophe, die sich dort abgespielt hatte.

Sie fanden einen Wahnsinnigen zwischen vier Leichen. Als sie in das Zimmer traten, da wies er mit der Hand zur Decke empor: »Seht ihr die kleine rote Flamme, die gerade über meinem Haupte steht und flackert? Seht ihr sie?«

Niemand sah sie. Romulus Futurus aber erblickte sie, dieses kleine, purpurrote Flämmchen, das gerade über ihm stand, und er wusste, dass das die Seele der Fürstin Angelika war. – Die andern aber sahen es nicht. Sie führten den Wahnsinnigen gefesselt durch die Straßen und brachten ihn in eine kleine, einsame Zelle. Dort brütete der ehemalige berühmte Astronom mehrere Tage schweigend vor sich hin. Von Zeit zu Zeit sprang er auf und versuchte, das kleine, rote Flämmchen, das niemand sah außer ihm, einzufangen. –

Wenn ihm dies nicht gelang, dann warf er sich auf den Boden hin und schluchzte und tobte, bis die Wärter kamen und ihn in Fesseln legten.

»Er sieht eben immer noch die Purpurfarbe des roten Kometen«, meinte der Oberarzt der Irrenanstalt. »Was ist da zu machen? Er wird nie mehr gesund werden.«

So war es auch. Romulus Futurus kam nicht mehr zu sich; vier Wochen später trug man ihn zu Grabe, als letztes Opfer des roten Kometen, dessen Erscheinen er als Erster verkündet hatte.

Ende